절대강호
絶代强虎

FANTASTIC ORIENTAL HEROES
장영훈 新무협 판타지 소설

절대강호 7

장영훈 新무협 판타지 소설

초판 1쇄 찍은 날 § 2011년 9월 22일
초판 1쇄 펴낸 날 § 2011년 9월 28일

지은이 § 장영훈
펴낸이 § 서경석

편집부장 § 권태완
편집책임 § 유경화
편집 § 이수민

펴낸곳 § 도서출판 청어람
등록번호 § 제1081-1-89호
등록일자 § 1999. 5. 31
어람번호 § 제2-2154호

주소 § 경기도 부천시 원미구 심곡2동 163-2 서경B/D 3F (우) 420-822
전화 § 032-656-4452 팩스 § 032-656-4453
http://www.chungeoram.com
E-mail § chungeoram@chungeoram.com

ⓒ 장영훈, 2011

ISBN 978-89-251-2632-6 04810
ISBN 978-89-251-2465-0 (세트)

※ 파본은 구입하신 서점에서 교환하여 드립니다.
※ 저자와 협의하여 인지를 붙이지 않습니다.
※ 이 책은 도서출판 청어람과 저작자의 계약에 의해 출판된 것이므로,
   무단 전재 및 유포·공유를 금합니다.

제61장	혈도탈태	7
제62장	빙궁비화	43
제63장	도천풍운	67
제64장	반격개시	113
제65장	흑연사	153
제66장	석실비화	183
제67장	위기일발	203
제68장	비보	245
제69장	부활	265
제70장	일로매진	285

절대
강호

바람 부는 절벽에 주화인이 서 있었다.

불어온 바람은 한여름의 열기를 시원하게 몰아내며 그녀의 머리카락과 옷자락을 휘날렸다.

그녀는 아찔한 절벽 아래가 무섭게 느껴지지 않았다.

주위 풍광이 몽환적으로 펼쳐지고 있었다. 손을 뻗으면 닿을 듯 가까이 구름이 흘러가고 있었고, 이름 모를 새가 긴 울음을 시브며 서 멀리 날아갔다. 건너편 절벽 사이를 뚫고 지독스레, 위태로이 핀 꽃이 왠지 자신을 닮았다는 생각이 들었다.

몇 발짝 떨어진 뒤쪽에 이단심이 서 있었다. 허리춤에 손을 올린 채 서 있는 이단심의 모습이 한 편의 그림처럼 느껴졌다.

주화인이 자신을 내려다보았다. 평소와 다름없는 새하얀 손과 화려한 장삼 아래 살짝 튀어나온 발끝이 어딘지 모르게 현실감이 없어 보였다.

그때 옆에서 들려오는 말소리.

"난 당신을 한 번도 진심으로 사랑한 적이 없어."

돌아보니 적호가 무뚝뚝한 표정으로 서 있었다.

갑자기 나타난 그의 등장에 그녀는 지금 꿈을 꾸고 있다는 것을 깨달았다. 울컥 서러움이 북받쳐서 주화인이 입술을 질근 깨물었다.

"그래, 당신은 오직 딸아이뿐이지."

"그걸 알면서… 내 딸을 인질로 위협했나?"

"그럴 수밖에 없었으니까."

"과연 그럴까?"

불어오는 바람보다 쌀쌀맞은 눈빛으로 적호가 덧붙였다.

"당신은 그저 가장 쉬운 방법을 택한 거지."

그녀는 어쩌면 그럴지도 모른다는 생각이 들었다.

적호가 차갑게 말했다.

"내 딸을 건드리면, 가장 처참하게 죽인 후에 네 영혼까지 씹어 먹을 거야."

주화인이 쓸쓸한 눈빛을 발했다.

"…내 영혼은 너무 써서 먹지 못할걸."

그때였다.

휘이이이이이잉!

갑자기 바람이 불어닥쳤다. 바람이 그녀를 절벽으로 떠밀었다. 그녀는 떨어지지 않으려고 팔을 휘저었다.

적호는 그녀를 도와주지 않았다.

대신 차가운 눈빛으로 재차 경고했다.

"딸아이를 잃으면… 너흰 다 죽어!"

적호와 눈이 마주치는 순간 주화인은 떨어지지 않으려는 노력을 포기했다.

그녀가 그대로 절벽 아래로 떨어졌다.

쏴아아아아아아!

옷깃이 휘날리며 온몸에 바람이 느껴졌다.

주화인은 두 팔을 벌린 채 하늘을 보며 떨어져 내리고 있었다.

저 멀리 절벽 위에 자신을 소리쳐 부르는 이단심의 얼굴이 보였다.

자신을 진심으로 위해주는 세상의 단 한 사람, 그 이단심이 망설이지 않고 절벽에서 뛰어내리는 모습이 보였다.

자신보다 훨씬 빠르게 그녀가 떨어져 내렸다. 이단심의 얼굴이 점점 커졌다.

"아가씨!"

주화인이 눈을 번쩍 떴다.

이단심이 자신을 내려다보고 있었다. 희미한 여명이 창 너머로 날아들고 있었다.
"악몽을 꾸신 겁니까?"
"응?"
"비명을 지르셨습니다."
"내가 비명을 질렀어?"
"네."
분명 꿈에서의 추락은 아주 상쾌하고 기분이 좋았다. 하지만 현실의 그녀는 미친 듯이 비명을 내질렀던 것이다.
그래서 꿈은 꿈이고, 현실은 현실인 것이다.
주화인이 침상에서 일어나 한쪽 벽으로 걸어갔다. 동경 속에 자신의 얼굴을 비춰보았다. 땀에 젖은 채 왠지 초췌한 얼굴이 오늘따라 낯설어 보였다. 왜 이런 꿈을 꾸었는지 알 것 같았다. 궁지에 몰리게 되면 그에게 도움을 청해야 할 것이다. 결국 그의 딸을 이용할 수밖에 없을 거라는 초조함을 대신하는 불길한 예지몽.
주화인이 깊어진 눈빛으로 말했다.
"예감이 좋지 않아."

같은 시각, 백무성은 풍운학관의 지붕 위에 서서 이제 막 새벽을 밝히는 여명을 응시하고 있었다.
몇 발짝 떨어진 곳에 진충이 서 있었다.

"모든 것이 계획대로 진행되고 있습니다."

진충의 보고에 백무성이 나직이 물었다.

"언제 시작되나?"

"사흘 후입니다."

백무성이 고개를 끄덕였다.

깊은 밤이 지나고 이제 새벽이 밝아오고 있었다.

"충아."

"네."

"만약 이 싸움에서 내가 죽게 된다면……."

"그런 말씀은 마십시오!"

백무성의 말을 자른 진충이 고개를 숙이며 빠르게 덧붙였다.

"소인의 불충을 용서하십시오. 하지만 그런 말씀은 마십시오."

백무성이 희미한 미소를 지었다.

"그럴 순 없다. 너 말고 이런 말을 할 사람이 없으니까."

"공자님."

"내가 죽으면 절대 무덤을 만들지 마라. 화장해서 이곳에서 뿌려다오."

"그럴 수 없습니다. 공자님이 돌아가신 상황이라면, 전 그 이전에 죽었을 테니까요."

백무성의 미소가 더욱 짙어졌다.

"그런가?"

진충이 단호히 고개를 끄덕였다.

"확실히 그럴 겁니다."

"그럼 다른 사람을 구해봐야겠군."

"그러서야 할 겁니다."

"그럼 적호에게 부탁할까?"

진충은 아무 대답도 하지 않았다. 적호란 이름이 나오자 진충의 표정이 살짝 굳어졌다.

백무성이 담담히 말했다.

"넌 그를 싫어하지."

"그는……"

진충이 잠시 말을 망설였다. 적호가 주는 여러 감정들에 대해 한마디로 정의하기란 쉽지 않았다.

이윽고 그가 여러 감정들을 추슬러 하나의 단어로 표현했다.

"그는 위험합니다."

백무성이 고개를 끄덕였다.

진충이 진지하게 말했다.

"그를 보고 있으면 보이는 것이 전부가 아니란 느낌을 받습니다. 그 섬뜩함이 싫습니다. 일개 칼잡이인 그가 공자님과 얽히고, 삼공녀와 얽히고 있습니다. 그래서 두렵습니다. 그가 공자님의 운명에 맞설 또 다른 운명을 지녔을까 봐… 더욱 두렵습니다."

 백무성은 진충이 무슨 말을 하는지 잘 알았다. 자신 역시 진충과 같은 생각을 할 때가 있었으니까. 그의 말처럼 적호는 분명 위험한 존재였다.
 "그가 나를 끌어올릴 운명을 지녔는지, 끌어내릴 운명을 지녔는지는 아직 알 수 없지."
 무엇보다 중요한 것은 아직 이용 가치가 남아 있다는 점이었다.
 "이번에 나를 구해준 보답을 해야지."
 "그래서 만 냥을 준비했습니다."
 진충은 그것으로 충분하다는 생각이었지만 백무성의 생각은 달랐다.
 백무성이 고개를 내저었다.
 "그걸 가져다주게."
 그리고는 자신의 가슴을 탁탁 두 번 두드렸다.
 순간 진충이 흠칫 놀랐다. 백무성이 말한 것이 무엇인지 알았던 것이다.
 "너무 과분한 선물입니다."
 사람 좋은 웃음을 짓던 백무성의 표정이 천천히 굳었다.
 "괜찮아, 나중에 그보다 훨씬 귀한 것을 뺏을 거니까."

 같은 시각, 운송단 십육지부 뒤쪽 숲 속에 만들어진 임시 연무장에도 여명이 밝아오고 있었다.

연무장 가운데 적호가 정면으로 검을 겨눈 채 서 있었다. 공기마저 자를 듯 예리하게 빛나는 참혼.

적호는 벌써 일각 이상을 검끝만 바라보고 있었다.

참혼이 변화의 순간이 왔음을 말해주었다. 정확히 말하자면, 검이 말을 하는 것이 아니라, 육체가 검을 통해서 말을 하고 있었다. 이제 또 다른 경지로 들어설 준비가 끝났음을.

다행히 외상은 잘 아물고 있었다.

적호가 집중하고 있는 것은 내력이었다. 몸에서는 내력이 거침없이 흐르고 있었다.

외부에 알려진 큰 부상이 무색할 정도로 그 내력은 정순하고 강맹했다.

우선 내력의 양이 전보다 늘어났다.

그저 조금 늘어난 것이 아니었다. 그 양은 적어도 이십 년 이상이었다. 복용 후 곧바로 운기조식을 하지 않은 것을 생각한다면, 자신이 먹은 영약은 대환단에 버금가는 신단이 확실했다. 부상을 당해 쓰러져 있을 때, 누군가 영약을 복용시킨 것이 틀림없었다.

'대체 누굴까?'

정신을 차리기 직전 마지막 순간에 얼핏 꿈결처럼 본 여인이 환상이 아니란 확신이 들었다.

'삼공녀일까?'

가장 먼저 든 생각이지만 삼공녀의 얼굴은 분명 아니었다. 굳이 그녀가 다른 사람으로 변장하고 자신을 구할 리는 없었다.

'대공자가 보낸 사람일까?'

그랬다면 온 사람은 진충이었을 것이다. 굳이 다른 사람을 보냈을 리는 없었다.

천아성이 보낸 여인일지도 모른다는 생각까지 들었다.

이해관계가 복잡하게 얽혀 있어 그들에게 자신이 먼저 나를 구해주었냐고 물어볼 수도 없었다.

어쨌든 누군가 호의를 베풀었고, 덕분에 목숨을 구할 수 있었다.

언젠가 자신의 앞에 나타날 것이다. 이번 호의에 대한 궁금증은 그때까지 묻어두기로 마음먹었다.

그때 건물 구석에서 흑묘가 어슬렁거리며 모습을 드러냈다.

적호가 참혼을 거두었다.

그러자 흑묘가 슬금슬금 다가와서 적호의 어깨로 훌쩍 올라탔다.

흑묘는 적호가 큰 부상을 당했다 살아난 것을 알고 있었다. 부상을 걱정했다는 마음이 느껴졌다.

이번에는 적호가 흑묘의 목덜미를 만져 주었다. 눈을 가늘게 뜨고 긴 울음을 울더니 이내 훌쩍 뛰어내렸다.

엉덩이를 살랑살랑 흔들며 나무 위로 올라가는 녀석을 보며 적호가 피식 웃었다.

 매일 붙어 다니지 않음에도 녀석과 조금씩 정이 들고 있었다.

 적호가 연무장 가운데 가부좌를 틀고 앉아 있었다. 복잡한 마음을 정리하자 이제 마음먹은 일을 하려는 것이다. 어딘지 모르게 적호는 긴장하고 있었다.

 나무 위의 흑묘가 적호의 긴장감을 읽었는지 큰 소리로 울었다.

 흑묘가 옆을 지키니 그 어떤 호법보다 안심이 되었다.

 적호가 운기조식을 시작했다. 진기를 다스리는 적호의 모습이 평소와 달랐다.

 부상에서 회복하는 과정 내내 몸의 변화를 느꼈다. 온몸의 혈관이 근질거렸다. 어찌나 간지러운지 할 수만 있다면 손톱으로 시원하게 긁고 싶었다. 만약 출도하기 직전 사부님이 해주신 말씀이 아니었다면 주화입마에 빠졌다고 생각했을 것이다.

"언젠가 네 몸에 변화가 찾아올 날이 있을 것이다."

 이미 출도 전에 생사현관의 타통을 이룬 적호였다.

 사부님의 말씀은 생사현관의 타통을 넘어선 그 이후의 경지를 의미하고 있었다.

"수라팔절은 알다시피 극양의 내공을 바탕에 둔 무공이다. 극양 중에서도 극양이지. 따라서 수라팔절을 완벽하게 구사하려면 태양지체를 타고나거나, 그렇지 않다면 혈도탈태(穴道奪胎)를 이뤄야 한다."

혈도탈태는 일반 무인들은 알지 못하는 개념이었다. 대부분 무인들이 꿈꾸는 경지는 환골탈태였다.

"혈도의 탈태는 오직 수라팔절을 익힌 사람만이 경험할 수 있다."

혈도의 탈태에 대해서는 사부께서 처음 해주신 말씀이었다. 사부님은 배움의 때를 중시하시는 분이었고, 때가 되었을 때 자연스럽게 깨달음을 얻는 것을 이상으로 여기셨다.

"그것이 찾아오는 시기는 수라팔절의 대성을 이룬 후다. 오직 내외공의 적절한 조화가 맞았을 때, 그것이 찾아온다. 일 년 후가 될지 삼십 년 후가 될지 아무도 알 수 없다. 나의 경우는 수라팔설의 대성을 이룬 지 십오 년이 지나 혈관의 탈태를 이루었다. 이 과정은 일반적으로 말하는 환골탈태와는 완전히 다른 것이다."

그 시기를 어떻게 알 수 있냐는 물음에 사부님께서는 이렇게 대답하셨다.

"자연히 알게 될 거다. 네 몸의 혈관이 미친 듯이 간지러워질 테니까."

스스스!
적호의 머리 위로 아지랑이 같은 열기가 올라오고 있었다.
적호가 신중히 진기를 움직이고 있었다. 혈도탈태의 방법은 이미 사부께 전수받은 후였다.
문제는 실수하지 않는 것이고, 잘 참아내는 것이다.
어떤 고통을 겪게 될지 사부님은 말씀해 주지 않으셨다. 그랬기에 극심한 고통을 각오했다.
적호는 침착했다. 사부님의 사부님도, 그 사부님도 해내신 일이었다. 자신이라고 못해낼 리 없었다.
이 시기가 찾아온 것은 여러 가지 복합적인 영향이 미쳤다.
대환단이 첫 번째고 두 번째는 근래 피나는 육체 수련이었다. 천아성에게 영향을 받은 후, 적호의 수련은 극한에 달해 있었다.
그리고 세 번째는 몸에서 느껴지는 새로운 기운이었다. 이십 년에 달하는 새로운 내공.
마지막으로 사도와의 일전이 마무리를 지었다.

이 모든 것들이 종합적으로 혈도탈태를 시도할 수 있는 상태에 이르게 해준 것이다.

 적호가 진기의 운용을 시작했다. 사부님이 전수해 주신 구결대로 정확히 내력을 움직였다.

 내력이 반복해서 적호의 몸을 휘돌았다. 일 주천, 이 주천, 삼 주천… 횟수를 더해갈수록 혈관의 통로가 넓어지고 있다는 느낌이 들었다. 물론 그것은 기분이었다. 진기의 흐름이 더욱 원활해지는데서 오는.

 <u>스스스스스!</u>

 적호의 머리 위로 열기가 형상을 만들어냈다.

 그것은 고리였다. 하나였던 고리가 두 개가 되었고, 다시 세 개로 늘어났다.

 고리가 하나씩 늘어날 때마다 진기가 한 바퀴씩 돌고 있었다.

 생각보다 어렵다는 느낌이 들지 않았다. 오히려 적호의 기분은 너무나 상쾌했다. 하늘을 나는 기분이란 말은 이런 때 사용하는 말 같았다.

 고리의 숫자는 점점 늘어났다.

 고리가 다섯 개가 되었을 때, 첫 번째 고비가 찾아왔다.

 고통 때문이 아니었다. 너무나 기분이 좋은 나머지 순간 진기의 운용을 잠시 잊은 것이다.

"이놈! 어디다 정신을 파는 것이냐!"

본능적으로 사부님의 꾸짖음이 떠올랐다.
다시 진기가 이어졌다. 너무 기분이 좋은 나머지 자꾸 집중력을 잃었다.
무공이 새로운 경지에 도달하는, 하늘을 나는, 여인을 안는, 배고플 때 맛있는 음식을 먹는, 피곤할 때 잠을 자는… 수십, 수백 가지의 기쁨이 차례차례 찾아들었다.
차라리 고통을 참으라면 더욱 쉽게 참을 수 있을 것 같았다.
적호는 하나의 심상을 떠올리며 정신을 집중했다.
침상에 누워 있는 서현이의 모습이었다.
아파하는 딸아이를 생각하면 그 어떤 기쁨도, 그 어떤 쾌락도 적호의 마음을 흔들지 못했다.
스스스스스.
이윽고 고리는 일곱 개가 되었다.
막 여덟 번째 진기를 운용하던 그때였다.
"끙!"
적호의 입에서 비명이 새어 나왔다.
예고 없이 엄청난 고통이 밀려든 것이다. 내력이 무서운 속도로 적호의 온몸을 휘젓기 시작했다. 수천 개의 바늘이 혈관을 따라 흐르는 것만 같았다. 모든 혈도가 찢어지는 것만 같았다.

적호는 이를 악물었다. 본래 운기조식을 함에 있어, 큰 소리로 비명을 지르는 일처럼 위험한 일은 없었다. 앞서 워낙 큰 기쁨과 쾌락을 느꼈던 터라 고통은 더욱 크게 느껴졌다. 하지만 참아야 했다. 적호는 본능적으로 이 순간이 혈도탈태의 가장 중요한 고비임을 직감했다.

　적호가 이번에는 앞서와 반대의 심상을 떠올렸다.

　딸아이가 환하게 웃고 있는 모습이었다.

　적호의 입가에 절로 미소가 감돌았다. 너무너무 아팠지만 적호는 참을 수 있었다. 딸아이가 웃을 수만 있다면, 이깟 고통쯤은.

　콰아아앙!

　몸속에서 무엇인가 폭발하는 느낌이 드는 그 순간.

　적호의 머리 위 고리는 여덟 개가 되어 있었다.

　지금의 느낌을 표현하자면 깊은 수렁에 잠겨 있던 몸이 쑥 빠져나오는 기분이었다.

　기분 좋은 상쾌함이 적호의 몸을 지배했다.

　적호는 마지막 순간까지 긴장감을 놓치지 않았다.

　스스스스스.

　적호가 다시 한 번 운기조식을 했다. 외공이든 내공이든 언제나 수련은 마무리가 중요한 법이었다.

　몸이 깃털처럼 가벼워졌음을 느끼며 적호가 눈을 번쩍 떴다.

해가 중천에 떠 있었다. 채 일각도 흐르지 않은 것 같았는데 몇 시진이나 지난 것이다.

몸의 변화가 느껴졌다.

이른 아침 비 내린 후의 맑은 경치를 보는 것처럼 사방이 맑게 보였다. 일반 무인들과는 비교할 수 없을 정도의 시야를 지닌 적호였다. 그런 그가 다시 한 번 변화를 겪었으니 그 시야는 이루 말할 수 없을 정도로 넓고 멀었으며 또렷했다.

적호가 자리에서 일어났다.

날아갈 듯한 기분 때문일까? 휘청, 아주 잠시 적호가 균형을 잡지 못했다.

"하하하하하!"

혈도탈태에 성공했다는 것을 깨달은 적호가 통쾌하게 웃었다.

수라팔절의 대성을 이룬 그날보다 더욱 기뻤다. 이제 수라팔절의 진정한 대성을 이룰 수 있는 기반이 닦인 것이다.

그때까지도 나무 위에서 호법을 서주던 흑묘가 적호의 어깨로 훌쩍 뛰어내려 수고했다는 듯 목덜미를 핥아주었다.

"또 한 고비를 넘겼구나."

한 고비를 넘길 때마다 서현이에게 가까이 다가간다는 생각이 들었다.

흰 눈이 내리는 그날, 서현이의 대법이 성공하면 영원히 이 풍진강호에서 사라질 것이다.

권력 싸움도, 눈치 싸움도, 알력 싸움도 없는 평화로운 삶을 살아갈 것이다. 죽이지 않아도 되고, 죽지 않으려고 애쓰지 않아도 되는 그런 삶을 살 것이다.

  적호가 내력을 끌어올리자 진기의 움직임이 완전히 달라졌다.

  일 주천하는 시간이 이전의 삼분의 일로 줄어들었다. 그 말은 진기의 회복 역시 세 배나 빨리 할 수 있다는 것을 의미했다.

  단전 역시 예전보다 훨씬 커져 있었다. 미친 듯이 내력을 쏟아부어도 단전이 이렇게 소리칠 것 같았다.

  한 번 더 쏟아도 돼!

  하지만 이 기쁜 변화만큼 부담감도 커졌다.

  우선 기도를 더욱 철저히 감춰야 했다. 천아성이 자신을 본다면 또다시 변화를 꿰뚫어 볼 것이다.

  천아성에게는 어쩔 수 없이 들킨다지만 다른 사람에겐 들켜선 안 될 일이었다.

  적호의 두 주먹에 절로 힘이 들어갔다.

  파파팡!

  적호의 주먹이 허공을 갈랐다.

  구성에 이른 무영십삼수가 꿈틀거리며 더 강한 수련을 원하고 있었다. 어떤 계기만 있어준다면 조만간 대성을 이룰 수 있을 것 같았다. 물론 수라팔절처럼 무영십삼수도 대성을 이룬 후부터가 본격적인 시작이 될 것이다.

자만하지 말아야 하고, 이전보다 더욱 노력해야 할 것이다.

이제 바뀐 육체를 바탕으로 무영십삼수의 대성을 이루고, 또 대성을 이룬 수라팔절의 진정한 대성을 이뤄야 할 것이다.

"크아앙!"

그때 흑묘가 날카롭게 울었다.

징—

뒤이어 사람이 접근하고 있음을 알리는 소리가 들렸다.

잠시 후, 그곳으로 진충이 들어섰다.

"몸은 좀 괜찮소?"

"덕분에."

적호는 대공자 측의 방문을 어느 정도 예상하고 있었다. 수렁에서 건져 내줬으니 뭔가 보상을 하려 들 것이다.

"공자께서는 지금 바쁘셔서 오지 못하셨소."

"이해하오."

"개인적인 질문 하나 해도 되겠소?"

"하시오."

"증거를 어떻게 찾아낸 것이오?"

그러자 적호가 묘한 미소를 지으며 대답했다.

"직업상의 비밀이라서."

"하하하, 그럴 줄 알았소."

진충이 호탕하게 웃었다.

적호가 완전 싫은 것만은 아니었다. 좋은 감정도 분명 있었다. 어떤 임무도 해내는 능력과 잡초처럼 질긴 생명력에 대한 같은 무인으로서의 존중이 분명 있었다. 그리고 적어도 지금은 그 좋은 쪽의 감정을 표해야 할 때였다.

진충이 가져온 작은 주머니를 건넸다.

"공자님께서 특별히 보내신 것이오."

안에는 얇은 상의가 한 벌 들어 있었다.

보는 순간 범상치 않은 물건이란 것을 알 수 있었다.

"은형보갑(隱形寶鉀)이오. 강호삼대기갑에 속해 있지요."

강호삼대명갑에 비하면 한 수 떨어진다고 알려져 있었다. 하지만 기갑이란 이름이 붙은 것처럼 은형보갑에는 특별한 효능이 있었다. 투명한 옷으로 입으면 겉으로 봐선 보갑을 입었다는 것을 알아차리지 못했다. 명갑에 비해 떨어지는 능력을 그러한 이점으로 대신하는 것이다.

"검기는 물론이고 검강에도 잘리지 않는다고 알려져 있소. 물론 누가 날린 검강이냐에 따라 달라지겠지만 말이오."

적호 정도의 실력이라면 이것은 정말 값지게 사용될 수 있었다. 어벌의 목숨 하나를 얻은 것과 같았다.

돈보다 훨씬 귀한 선물이었다. 돈이 아무리 많아도 파는 사람이 없어서 살 수 없는 물건이기 때문이었다.

참혼이 강호삼대기검이라면, 피독지환이 강호삼대기물이었

고, 은형보갑이 삼대기갑이었다. 그야말로 강호의 가장 기이한 세 가지 보물을 모두 얻게 되는 순간인 것이다.

"공자님의 마음이 담긴 선물이니 개의치 말고 받으시오."

"알겠소. 공자님께 감사의 말씀을 대신 전해주시오."

몰락 직전의 그를 기사회생시켰으니 꽤 큰 보답을 하리라 예상은 했다. 하지만 은형보갑을 줄 줄은 정말 몰랐다.

"앞으로도 잘 부탁하오."

"알겠소."

그렇게 진충이 사라졌다.

적호가 잠시 감격한 표정으로 은형보갑을 내려다보았다. 말로만 듣던 은형보갑이었다.

적호가 그 자리에서 옷을 벗고 은형보갑을 착용했다.

사아아악.

은형보갑이 몸에 차악 감기며 밀착되었다. 겉으로 봐선 보의를 착용했는지 전혀 알 수 없었다. 이 얇은 옷이 일류고수의 강기와 절정고수의 검기를 막아내는 효능을 지니고 있는 것이다.

강해지기 위한 것이라면, 살아남을 수 있는 확률을 높일 수 있다면 가시바늘로 된 옷이라도 입을 적호였다.

"하하하하하."

적호가 만족스럽게 웃었다. 앞으로 사부님과 서현이와 살아갈 돈은 충분히 모아둔 그였다. 지금 필요한 것은 돈보다는 생존율을 높일 수 있는 것이었다. 그런 점에서 은형보갑은 그 어떤 기물보다 유용한 것이었다.

적호가 옷을 다 입었을 때, 또 다른 누군가 그곳으로 들어왔다.

"괜찮으세요?"

마당 가운데 서 있는 적호의 모습에 연이 눈을 동그랗게 떴다. 벌써 수련을 시작할 정도라곤 생각지 못했던 것이다.

"많이 나아졌어."

연이 안도의 한숨을 내쉬며 다시 물었다.

"정말이시죠?"

적호가 팔을 붕붕 돌리며 걱정 말라는 표정을 지었다. 아파서 누웠을 때, 연이 얼마나 헌신적으로 자신을 돌봐줬는지 적호는 잘 안다. 그녀와의 깊은 유대감은 말로 표현할 수 없는 것이다. 그것은 우정보다도, 남녀 간의 애정보다도 더욱 깊은 동료애였다.

"다행이에요."

연의 눈가가 붉어졌다.

적호에 대한 연의 마음은 그 동료애에 남녀의 애정까지 포함되어 있었다. 하지만 연은 한 번도 그것을 드리내지 않았고, 앞으로도 드러낼 생각이 없었다.

"어? 어딘지 모르게 달라지신 것 같아요."

"살이 좀 빠졌나?"

왜 그렇게 보이는지 짐작했지만 적호가 모른 척했다.

연이 고개를 갸웃했다. 분명 말로는 표현할 수 없는 변화가 있었다.

"아! 눈빛이 깊어졌어요!"

연이 적호의 변화를 정확히 알아차렸다. 적호의 눈빛은 이전과는 완전히 달라져 있었다. 더없이 깊어 쳐다보는 것만으로도 눈을 뗄 수 없을 정도였다.

"대체 무슨 일이죠?"

적호가 미소를 지었다. 연에게까지 속일 일은 아니었다.

"운이 좋아서 약간의 깨달음이 있었어."

"아!"

눈치 빠른 연이 대번에 그 말뜻을 알아듣고는 환하게 웃었다.

"축하드려요, 적호님!"

"고마워."

이전까지 절정고수들에게 기량의 반만 내보였다면, 이제는 이 할만 내보여야 했다.

적호가 다시 눈을 감았다가 떴다.

"지금도 달라 보여?"

적호가 최선을 다해 의도적으로 기도를 감췄다.

연이 가만히 적호의 얼굴을 쳐다보며 대답했다.

"여전히 예전과는 달라 보여요."

적호가 의도적으로 감출 수 있는 단계를 넘어선 것이다.

이것은 무공의 극의를 깨달았을 때 얻어지는 반박귀진과는 다른 차원이었다. 한 사람의 무인으로서 진정한 반박귀진을 이루는 것은 천아성처럼 무신의 경지에 이르러야 도달할 수 있었다.

적호는 새로운 단계에 도달할 때마다 새롭게 자신의 기도를 감추기 위해 노력해야 했다. 특히 이번은 그 변화가 너무 컸기에, 의도적인 노력으로도 스스로의 기도를 감추는 것이 쉽지 않았다.

적호는 새로운 무엇인가가 필요하다는 것을 깨달았다.

"연, 가야 할 곳이 있는데 함께 가주겠어?"

연이 미소를 지으며 대답했다.

"물론이지요."

*　　　*　　　*

두두두두.

적호와 연을 태운 마차가 관도를 달렸다.

"한데 어디로 가시는 거죠?"

벌써 두 번이나 물었지만 적호는 미소만 지을 뿐 대답해 주지 않았다. 알려주지 않으니 자연 더 궁금했다.

"그래요, 가보면 알겠지요."

연은 묘한 기대감이 들었다. 작전을 위해 온 중원을 헤매 다녔지만, 이렇게 딴 목적으로 적호와 어딘가에 간 적은 없었다. 연인들의 여행 같은 기분이 들어서 연은 가슴이 떨렸다.

"휴가가 언제까지지?"

"아직 정해지진 않았습니다만, 당분간 명령이 내려오지 않을 것이라 생각됩니다."

상부에 보고된 부상은 지금보다 훨씬 심각했다. 따라서 얼마간의 시간을 벌 수 있었다.

연이 반대쪽 창문을 응시했다.

빠르게 지나가는 풍경을 보고 있자니, 처음 비선이 되던 날이 떠올랐다.

첫 임무에 나갔을 때 심장이 터질 것 같았는데, 이제는 그도 다 과거의 일이 되었다.

이렇게 적호의 일에 깊숙이 개입하게 될 줄은 정말 꿈에도 몰랐다.

문득 자신을 가르치던 교관이 항상 입버릇처럼 하던 말이 떠올랐다.

"우리 비선들은 한 가지 특혜가 있다. 나무에 목을 매달지 않아도, 절벽에서 뛰어내리지 않아도 쉽게 죽는 방법을 가지고 있다. 그게 무엇인지 아느냐? 그건 바로 귀병에게 개인적인 정을 주는 것이다."

비선들의 교육 중 가장 강조되는 일이 바로 귀병들과 사적인 관계를 맺지 말라는 것이었다. 물론 그 철칙을 잘 지키는 비선들도 있었지만 상당수 비선들은 그러지 못했다. 지금의 자신처럼.

　연이 희미한 미소를 지었다.

　'설령 그렇게 되더라도… 전 후회하지 않습니다.'

　이윽고 반나절을 달린 마차가 사람들이 붐비는 저잣거리 입구에 멈춰 섰다.

　적호가 마부에게 은자를 건넸다.

　"가서 식사라도 하고 오시오."

　"감사합니다."

　입이 함박만 해진 마부가 객잔을 찾아 그곳을 떠났다.

　두 사람이 반대쪽으로 걸었다. 목적지가 확실하다는 듯, 적호가 거침없이 걸었다.

　골목 끝에 작은 병기점이 있었다.

　"여기야."

　연이 의외란 얼굴로 병기점을 쳐다보았다.

　"여기라고요?"

　병기점은 신군맹 근처에도 많았다. 아니, 신군맹 본단이 있는 곳이니 이보다 훨씬 규모가 큰 병기점이 여럿 있었다.

　"이곳의 누군가를 만나러 오신 겁니까?"

"아니, 여기에서 뭔가를 사러 온 거야."

적호가 미소를 지으며 안으로 들어갔다. 연이 그 뒤를 따랐다.

중년 사내가 두 사람을 맞았다. 겉으로 보기엔 일반 병기점이었다. 사방 벽과 진열장에 수십 종류의 검과 도, 창과 곤 등의 무기들이 진열되어 있었다.

"무엇을 사러 오셨소?"

"부러진 화살이오."

중년 사내의 눈빛이 날카롭게 빛났다.

"잠시 기다리시오."

중년 사내가 안으로 들어갔다.

연이 나직이 말했다.

"이제 알겠어요, 이곳이 어딘지. 여긴 암전상(暗箭商)이군요."

적호가 고개를 끄덕였다.

암전상은 강호의 여러 기물들을 파는 곳이었다. 명검과 보도에서부터 강호에서 쉽게 찾아보기 힘든 특이한 병기며 괴이한 암기까지, 그야말로 독특하고 특별한 것들을 취급했다. 지난 여러 임무에서 암전상의 존재를 알았는데 이렇게 직접 찾아온 적은 처음이었다.

"이곳에는 왜 오신 거죠?"

"살 게 있어."

"뭐죠?"

그때 안에서 중년 사내가 다시 모습을 드러냈다.

"따라 들어오시오."

두 사람이 중년 사내를 따라 안으로 들어갔다.

건물 뒤쪽에 다른 건물이 있었고 그곳으로 가는 곳곳에 은신한 무인들의 기운이 느껴졌다. 적호는 그들의 숨결 하나하나까지, 예전보다 훨씬 정확하고 빠르게 그들의 기척을 알아차릴 수 있었다.

세 사람이 새로운 건물로 들어섰다.

"아!"

주위를 둘러보며 연이 감탄했다. 과연 듣던 것처럼 사방에 걸린 기이한 병장기들은 평소 쉽게 보기 힘든 것들이었다. 그 하나하나가 정말이지 대단히 귀한 것들임을 알 수 있었다.

"무엇을 사러 오셨소?"

"이곳에 없는 것이 없다는 소문이 사실이오?"

"그렇소."

중년 사내가 자신만만하게 대답했다. 전 중원에 수백의 지부를 가진 그들은 지난 세월 막대한 부를 축적했다. 그들은 엄청난 정보력과 힘을 지녔으며, 강호의 신병기물에 있어선 자신들이 가지지 않았다면 이 강호에 없는 것이라 할 정도의 자부심을 지니고 있었다.

"내력을 제한하는 기물이 있소?"

적호의 물음에 사내가 깜짝 놀랐다.

"모두들 내력을 늘리는 것을 찾지, 제한하는 것을 찾는 사람은 아주 드문데."

"그래서 없다는 것이오?"

"잠시 기다려 주시오."

사내가 장부를 꺼내 뒤졌다.

한참을 뒤적이더니 무엇인가를 찾았다.

"아, 여기 있군."

사내가 다시 한쪽 벽의 장식장에서 무엇인가를 꺼내왔다.

먼지가 가득한 그것은 손목에 차는 한 쌍의 고리였다.

"반력환(半力環)이라 불리는 것이오. 양손에 하나씩 차면 괜찮지만 두 개를 한 손에 차면 내공의 절반이 금제당하오."

적호가 고개를 끄덕였다.

"내가 원하는 것이 바로 이것이오."

"지난 십 년간 이것을 찾는 사람은 아무도 없었는데."

"십 년 만에 파시니 좋지 않소?"

"그렇긴 하오만, 궁금하구려. 이것이 왜 필요한지?"

중년 사내가 아무리 예리한 관찰력을 가졌다 해도, 적호의 실력을 가늠해 낼 수는 없었다. 지금도 의지로는 감출 수 없는 적호의 기도가 폭발 직전의 용암처럼 꿈틀거리고 있었지만, 그건 매일 적호를 대하는 연이나 혹은 절정에 이른 고수들만이 느낄 수 있는 것이었다.

"신기한 것을 모으기 좋아하는 분의 심부름이오."

적호의 대답만으로 사내는 그 진의를 파악할 수 없었다.

적호가 단도직입적으로 물었다.

"얼마요?"

중년 사내가 잠시 대답을 아꼈다. 이런 기물들의 값은 그야말로 부르는 것이 값이었다.

"비록 십 년간 팔지 못한 것이긴 하지만, 이 반력환의 효능은 그야말로 진귀한 것이오."

"인정하오."

적호가 담담히 대답했다. 적호는 억지로 값을 깎으려 하지 않았다. 강호의 보물은 언제나 제값이 있기 마련인 법이다.

"만 냥이오."

적호가 품에서 돈을 꺼내려는 순간, 연의 전음이 날아들었다.

[이 거래, 제게 맡겨주세요.]

연이 대답을 듣지 않고 인상을 굳히며 말했다.

"너무 비싸군요."

물론 중년 사내는 조금 비싸게 불렀다. 만 냥이란 거금을 주고 자신의 내공을 금제하려는 사람은 아무도 없었으니까. 하지만 거래란 원래 이런 법이 아닌가?

"강호의 보물은 그 가치를 돈으로 환산할 수 없는 법이오."

중년 사내의 말에 연이 반박했다.

"그건 보물일 때의 경우겠지요."
"반력환이 보물이 아니란 말이오?"
"거기에 쌓인 먼지가 대답을 대신하겠지요. 아, 물론 희귀한 것이란 점은 인정해요."
"그래서 하고자 하는 말씀이 뭐요?"
"제값에 사고 싶다는 거죠."
두 사람이 팽팽히 맞섰다.
"좋소! 천 냥 빼서 구천 냥에 해드리겠소."
연이 코웃음을 치며 돌아섰다. 일단 적호가 연의 행동에 따랐다.
"삼천 냥도 많아요."
이번에는 중년 사내가 코웃음을 쳤다.
"삼천 냥? 그냥 돌아가시오."
"그러지요."
연이 적호의 팔을 잡아끌었다.
두 사람이 나가려는데, 중년 사내가 말했다.
"잠깐!"
연이 돌아서자 중년 사내가 한풀 꺾인 어조로 말했다.
"성질도 급하시구려. 자고로 싸움은 말리고 흥정은 붙이라지 않소? 기왕 어렵게 찾아낸 것, 다시 한 번 가격을 맞춰봅시다. 얼마에 사시겠소?"
"삼천 냥도 많다고 했잖아요."

"그건 어림없는 소리!"
버럭 소리를 지른 중년 사내가 잠시 고민하더니.
"팔천 냥!"
"오천 냥!"
"칠천 냥!"
"육천 냥!"
결국 사내가 지고 말았다.
"좋소."
어차피 이번 기회가 아니면 몇 년이고 몇십 년이고 처박혀 있을 물건이었다. 임자를 만났을 때 파는 것이 현명한 생각이었다.

연이 적호를 돌아보며 싱긋 웃었다. 그 모습에 적호가 피식 웃었다.

적호가 육천 냥을 계산했다. 사실 육천 냥도 적은 돈이 아니었는데 보통 사람은 평생을 벌어도 모을 수 없는 돈이었다.

반력환을 받아 들고 나오는데 뒤에서 중년 사내가 적호에게 말했다.
"이보시오."
"왜 그러시오?"
"그녀를 놓치지 마시오."
연이 얼굴이 붉어진 채 그런 사이 아니라며 빠르게 대답했다. 말하고 보니 더욱 부끄러웠다.

사내가 히죽 웃으며 다시 한 번 적호에게 말했다.
"그럼 그런 사이로 만드시오."
연이 어이없다는 표정을 지었지만 내심 기분은 좋았다. 한 오백 냥 더 줄걸 싶은 생각이 들 만큼.
두 사람이 밖으로 나왔다.
"헤헤, 저 잘했죠?"
연이 아이처럼 해맑게 웃었다.
"자, 이것 받아."
적호가 그녀에게 사천 냥을 건네주었다. 지금껏 여러 임무를 통해 많은 돈을 벌었지만 단 한 번도 그녀에게 돈을 준 적은 없었다. 그녀의 자존심을 상하게 할까 걱정이 되어서였다. 하지만 이번의 경우는 달랐다.
"이걸 왜 제게?"
"덕분에 얻은 이득이니까."
"보답을 바란 것이 아니에요!"
"몰라서 이러겠어?"
잠시 망설이던 연이 웃으며 돈을 받았다.
"고마워요."
적호가 어떤 마음인지 짐작되었기에 애써 사양하지 않았다. 자존심이 상한다면 그건 적호를 무시하는 일이 될 것이다. 둘은 그보단 훨씬 친한 사이니까. 연은 그렇게 믿고 있었다.
"별말을."

적호가 활짝 웃었다. 그녀를 위해서라면 십만 냥도 아깝지 않았다.

그렇기에 그녀에게 단 한 푼이라도 주는 것이 조심스럽다. 진짜 그녀를 위한 배려는 이번 일이 모두 끝났을 때다. 그때 그녀의 남은 평생도 어떤 식으로든 책임을 져줄 것이다. 그녀를 위해 생각해 둔 것이 있지만, 아직은 말해줄 단계가 아니었다.

적호가 반력환을 손목에 찼다. 한 개를 끼었을 때는 아무 변화가 없던 그것이, 나머지 하나를 더 끼자 효과를 발휘했다.

스으으으웅!

단전의 내력이 억눌리는 느낌이 들더니, 이내 사라지는 기분이 들었다.

적호가 두 개의 반력환 중 하나를 빼서 다른 손에 찼다.

우우우우웅!

다시 단전의 내력이 되살아났다.

정말이지 신기한 기물이었다. 지금 적호의 상태라면 육천 냥이 아니라 육만 냥이라도 아깝지 않은 가치였다.

다시 적호가 한 팔목에 반력환을 모두 찼다.

"아! 눈빛이 어두워졌어요. 예전보다도 더요."

오히려 무공이 퇴보한 느낌을 주고 있었다.

적호가 미소를 지었다. 눈빛의 예리함을 감추기 위해서라도 반력환이 필요했던 것이다.

연은 반력환을 사용해서 실력을 감춰야 하는 적호의 발전이 너무나 기뻤다.
 '하지만 적호님은 더 빛이 난답니다.'
 물론 마음으로만 한 이야기였다.

第六十二章
빙궁비화

절대
강호

사공후가 조심스럽게 시침하고 있었다.

빙옥으로 만들어진 침상에 누운 서현이는 잠이 들어 있었다. 서현이는 사흘에 한 번씩 북해빙궁의 별궁에 와서 치료를 받았는데 한빙옥을 빌려준 북해빙궁은 그들의 기보 중 하나인 빙옥침상까지 빌려줬다. 덕분에 서현이의 치료가 한결 편해졌다.

그뿐만 아니라 북해빙궁은 치료에 필요한 여러 약재들까지 공급해 주었는데, 그중에는 돈이 있어도 구하기 힘든 것들이 다수 있었다. 북해빙궁이 아니었다면 서현이의 치료는 지금보다 몇 배는 더 힘들었을 것이다.

그랬기에 북해빙궁에 대한 고마움은 매우 컸다.

치료하는 것을 지켜보던 고원정이 밖으로 나왔다. 앞으로 반 시진은 더 치료가 계속될 것이다.

견디기 힘든 치료를 아이는 잘 버텨내고 있었고, 사공후 역시 노구를 이끌고 분전하고 있었다. 칠 년이란 세월을 하루도 빠짐없이 혼신을 다한 치료를 한다는 것은 정말이지 쉬운 일이 아니었다.

언젠가 고원정이 그에게 말한 적이 있었다.

이 은혜를 어찌 다 갚을지.

그때 사공후는 그게 다 인연이라며 허허 웃었는데, 한참이 지난 언젠가 술자리에서 그가 섭섭함을 드러냈다.

그 역시 자신의 마음과 마찬가지였던 것이다. 치료가 끝나면 그는 목숨을 구해준, 그래서 평생 고마움을 잊지 않는 신의 아무개로 남고 싶지 않은 것이다. 가족처럼 자주 보고 싶은 것이다. 함께 있고 싶은 것이다.

이후에 모른 척 그에 대한 이야기를 꺼냈다. 함께 큰 집을 짓고 살자고. 노후를 함께하자고.

겉으로 크게 표는 내지 않았지만 사공후가 크게 기뻐하는 것을 느꼈다.

치료실을 나서는 고원정의 입가에 미소가 지어졌다.

인생이란 그런 것이다.

까다롭게 굴면 끝이 없지만, 한 발 물러나 생각하면 아무것도 아닌 것이 또 인생이다.

그와 함께하는 노후도 나쁘지 않을 것이다. 어차피 다 늙어서 새로운 여인을 만나 가족을 이룰 생각은 그도, 자신도 없었으니까. 서현이 혼인시킬 때까지 벗으로 지내는 거다.

그때 저 멀리 복도 끝으로 누군가 작은 손수레를 밀며 왔다.

고원정보다 한 배분 높은 연배의 노파였다. 그녀는 북해빙궁의 대모라 불리는 빙옥심(馮玉心)이었다. 그녀는 당대 북해빙궁주의 사부이자 빙궁의 대표 고수였다.

그녀의 눈은 호랑이의 눈을 닮아 있었다. 자연 인상이 강해 보였는데, 그녀의 신분을 생각하면 잘 어울리는 외모기도 했다. 거기에 그녀는 나이에 비해 훨씬 젊은 팽팽한 피부를 지녔는데, 그것은 천의무봉(天衣無縫)에 이르러 완벽하다고 알려진 그녀의 무공 실력에서 기인했다.

"오랜만에 뵙습니다, 대모님."

"잘 지내셨습니까, 노사부님?"

두 사람이 정중히 인사를 나눴다.

자신보다 훨씬 나이가 많은 그녀가 자신을 노사부라 부르는 것이 부담스러워 편히 대하라 말해도 빙옥심은 언제나 고원정을 노사부라 불렀다.

"어찌 손수 수레를 미십니까?"

고원정이 얼른 가서 수레를 인수받았다.

수레에 실린 것들은 서현이의 치료에 필요한 약재들이었다.

"운동 삼아 나선 것이니 크게 개의치 않으셔도 됩니다."

고원정이 미소를 지었다. 한 번씩 빙옥심의 외로움을 느낀다. 그게 어떤 종류의 외로움인지도 정확히 느낄 수 있었다. 다들 조심하고 어려워하는, 그 당연한 예의는 분명 빙옥심에게서 느껴지는 쓸쓸함과 이어져 있었다.

"치료는 잘되고 있습니까?"

"사공 선생이 애를 쓰고 있습니다."

"너무 걱정 마십시오. 사공 선생께서 워낙 의술이 뛰어나시니 좋은 결과가 있을 겁니다."

"저 역시 그러기를 바라고 있습니다."

두 사람이 마주 보며 미소를 지었다.

서현이의 치료를 위해 빙궁을 찾을 때면 간혹 보는 그녀였다.

그 만남의 횟수에 비해서는 제법 깊은 유대감을 이룬 두 사람이었다. 그녀의 외로움을 진심으로 받아들이고 이해해 주었기 때문이리라.

"차 한잔하시지요?"

"그러지요."

두 사람이 나란히 수레를 밀고 그곳에서 조금 떨어진 방으로 들어갔다. 손님을 접대하기 위한 별실에는 여러 차들이 준비되어 있었는데, 시비를 물리고 빙옥심이 직접 차를 탔다.

"이번에 새로 온 차입니다. 입에 맞으실지 모르겠군요."

고원정이 먼저 차향을 음미한 후 조심스럽게 한 모금 마셨다.

"맛이 아주 좋습니다."

"입맛에 맞으시다니 다행입니다."

본래 젊어서는 성정이 대단했다고 알려진 그녀였다. 자신에게 보여준 차분한 모습을 생각하면 쉬이 상상이 안 되는 과거였다.

"서현이 애비에게는 한 번씩 연락이 옵니까?"

"네, 가끔 오고 있습니다."

거짓말이었다. 정말 필요한 일이 아니면 적호는 연락을 해오지 않았다. 혹시나 서현이의 존재가 들통날까 봐 두려워서였다. 오직 전장을 통해서 돈만 보내왔다.

마지막 서찰에 대공자와 삼공녀 간의 권력 암투에 대해 알려왔었다. 삼공녀가 서현이의 존재를 알았다는 것도.

제자가 왜 솔직히 모든 상황을 알려왔는지 고원정은 잘 알았다. 혹시 모를 일에 대비해 달라는 부탁인 것이다. 그랬기에 고원정은 항상 마음의 준비를 하고 있었다. 모옥 아래의 진법만으로는 밀려드는 칼날을 막을 수는 없을 것이다.

근래 한동안 내려두었던 검을 다시 쥔 것도 그 이유 때문이었다. 하지만 고원정은 진심으로 검을 쓸 일이 없기만을 바랐다.

빙옥심은 고원정의 무공이 초절정을 넘어 새로운 경지를 넘보고 있음을 알고 있었다. 빙궁 제일고수인 자신에 비해서도 결코 하수가 아니란 것을 느꼈다. 고원정에 대한 존경과 극진

한 예는 그 때문이었다.

"궁주께선 잘 지내고 계십니까?"

이번에는 고원정이 북해궁주의 안부를 물었다. 예전에 한 번 스쳐 가듯 짧게 인사를 한 것이 전부였다. 그조차도 궁주가 면사를 하고 있어서 상대가 여자임만 확인했을 뿐이었다.

"항상 바쁜 아이지요."

어딘지 모르게 궁주에 대한 섭섭함이 묻어났다.

고원정이 내심 웃었다. 빙옥심은 당대 빙궁주의 사부였다. 사제지간이라 어디 갈등이 없을 수 있겠는가? 아마도 빙궁주가 빙옥심의 마음을 언짢게 한 모양이었다.

"귀 궁이 아니었다면 서현이는 큰 고초를 겪었을 겁니다."

"그런 말씀 마세요. 당연히 도와야 할 일이지요. 아이의 생명이 달린 일인데요."

물론 도리를 따지자면 그러했다. 하지만 북해빙궁이 얼마나 폐쇄적인 집단인지는 고원정도 잘 알았다.

빙궁의 도움은 분명 호의 그 이상이었다.

고원정은 그것이 빙옥심이 자신의 무공 실력을 알아보았기 때문이라 생각했다. 그게 아니라면 사공후 본인도 모르는 어떤 은원이 있을 것이라 여겼다.

그런 추측 말고는 북해빙궁에서 이렇게까지 적극적으로 자신들을 도울 까닭이 없기 때문이었다.

그때 밖에서 시비의 목소리가 들려왔다.

"사공 선생의 치료가 끝났다고 합니다."
고원정이 미소를 지으며 이별을 고했다.
"저는 이만 가봐야겠습니다."
"다음에 또 뵙지요."
"차 잘 마셨습니다."
고원정이 먼저 방을 나섰다.
홀로 남은 빙옥심이 남은 찻잔을 천천히 비웠다. 잠시 전에는 없던 근심이 그녀의 얼굴을 스쳤다.

북해빙궁의 궁주전은 강호의 그 어떤 수장들의 거처보다 화려하고 웅장했다.
궁주전은 얼핏 보기에는 얼음으로 만들어진 것 같았는데, 실제 얼음이 아니라 얼음처럼 보이는 석재로 만들어져 있었다.
끝이 보이지 않을 정도로 큰 규모의 궁주전의 사방 벽에는 역대 빙궁주의 석상들이 자리하고 있었다. 대부분이 남자들이었는데, 간혹 여인도 끼어 있었다.
창가에 선 아름다운 여인은 바로 당대 북해궁주 설이연(渫梨緣)이었다.
그녀는 바로 일전에 적호를 구해주었던 바로 그 여인이었다. 놀랍게도 북해빙궁의 궁주가 적호를 구해줬던 것이다.
언제 보아도 마음이 깨끗해지는 설경이 창 너머로 펼쳐져 있었고, 새하얀 피부의 그녀는 그 경치에 너무나 잘 어울렸다.

저 멀리 사부와 사공후가 서현이를 안고 빙궁을 나가고 있는 모습이 보였다.

그녀의 시선은 서현이에게 고정되어 있었다. 눈물이 가득 고인 그녀의 눈동자가 떨리고 있었다.

그리고… 그녀는 바로 서현이의 생모였다. 외부에 지극히 폐쇄적인 북해빙궁에서 한빙옥을 빌려주고, 빙옥침상까지 빌려준 이유기도 했다. 십여 년 전의 그 풋풋함은 이제 기품과 위엄이 대신하고 있었는데, 삼공녀의 아름다움과는 또 다른 느낌의 아름다움이었다.

"오늘 치료도 무사히 잘 끝났습니다."

이야기를 전하는 여인은 북해궁주의 오른팔인 소랑(素浪)이었다.

설이연의 눈에서 눈물이 주르륵 흘러내렸다. 서현은 이제 보이지 않는 저 멀리로 사라진 후였다.

등 뒤에 서 있었기에 소랑은 그녀가 눈물을 흘리는지 알지 못했다. 그녀의 보고가 이어졌다.

"다행히 천원(天元)에서는 그분을 구한 것을 알지 못하는 눈치입니다. 결과적으로 독야행의 장보도가 출현한 것은 참으로 다행한 일이었습니다."

독야행은 과거 북해빙궁과 관련이 있었다.

독야행이 강호를 독보할 당시 그는 북해빙궁주와 형제의 연을 맺었다. 두 사람의 깊은 우정은 두 사람이 죽을 때까지 지속되었다.

그랬기에 강호에 그의 장보도가 나타났다는 소문에 설이연이 직접 출궁했던 것이다. 그 덕분에 적호를 구할 수도 있었다.

"하지만 이젠 더 이상 출궁하시면 안 됩니다. 이번에는 운이 좋았을 뿐입니다. 부디 그분과 이어진 모든 정보망을 거둬들여야 합니다."

이윽고 설이연이 입을 열었다.

"넌 그 늙은이들이 무섭니?"

소랑이 잠시 대답을 망설였다. 전혀 두려움을 느끼는 표정이 아니었지만 대답은 달랐다.

"네, 전 그들이 두렵습니다. 자다가도 벌떡벌떡 깰 정도로 두렵습니다."

"왜?"

"몰라서 물으십니까? 그들은 유일하게 궁주님을 끌어내릴 수 있는 자들입니다. 궁주님을 이 방에서 쫓아낼 수 있는 자들이라고요!"

"그러라지."

"궁주님!"

설이연이 입을 닫았다. 그녀의 허한 시선은 이제는 텅 빈 북해빙궁의 눈 덮인 연무장을 헤매고 있었다.

"천원의 늙은이들을 우습게 여기시면 안 됩니다!"

소랑이 다시 한 번 강조했다.

그때 밖에서 보고가 들렸다.
"대모께서 납시셨습니다."
창밖을 쳐다보던 설이연의 눈동자가 살짝 흔들렸다.
소랑이 재빨리 대답했다.
"어서 모셔라."
이윽고 문이 열리고 빙옥심이 들어왔다.
소랑이 공손히 인사를 한 후 방을 나섰다.
그제야 설이연이 창에서 돌아섰다.
"오셨습니까?"
공손했지만 왠지 차가운 어조의 인사였다.
설이연의 볼에 남은 눈물자국을 힐끗 보며 빙옥심이 자리에 앉았다.
"괴상망측한 짓을 저질렀다는 소리를 들었다."
"전 괴상망측한 짓이라 생각지 않습니다."
"그들이 알게 되면 큰 문제가 될 것이다. 그때 가서 내게 도와달라는 말 하지 마라!"
"걱정 마십시오. 그럴 일은 없을 테니까요."
빙옥심의 눈빛이 가늘어졌다.
"아직도 그 일로 내게 화가 나 있느냐?"
설이연의 눈빛이 깊어졌다.
자연스럽게 오래전 그날의 일이 떠올랐다.

"차라리 저를 죽여주십시오!"

무릎을 꿇은 설이연의 눈에서 눈물이 흘러내렸다.

그 앞에 무정한 얼굴로 서 있는 사람은 빙옥심이었다.

"벌써 약속을 잊었느냐?"

표정만큼이나 싸늘한 말이었다.

"어흐흐흑. 아이를 떠날 수 없습니다."

"이럴 줄 몰랐더냐? 정녕 이럴 줄 몰랐더냐!"

"전… 전… 헤어지기 싫습니다, 헤어질 수 없습니다."

북해빙궁의 수제자들은 누구든 궁주가 되기 위한 관문에 도전할 수 있었다. 그 관문은 인간의 한계를 넘는 어려운 것이었는데, 그것을 통과하면 궁주가 되었다.

하지만 만약 한 계절에 둘 이상이 통과하면 그 성적이 더 좋은 사람이 궁주가 되었다.

그리고 만약 지원자가 여인이라면 거기에 하나의 시험이 더 있었다.

희로애락의 감정을 이겨내는 고난의 시험이었다. 사랑하는 사람을 만나고, 이별해야 하는 관문이 들어 있었다.

그 시험을 애별철심관(愛別鐵心關)이라고 불렀다.

그야말로 끔찍할 정도로 고난의 시험이었는데, 그것은 바로 제십칠대 궁주였던 소화군(蘇華君) 때문에 생긴 것이다.

그녀는 사파의 이름난 고수 양잔(羊潺)과 사랑에 빠졌다. 사실 양잔은 빙궁의 절세무공을 빼내기 위해 의도적으로 그녀에게 접근한 것이었다. 그와의 사랑이 진실한 것이라 믿은 그녀는 결국 비기를 빼돌려 그에게 전하기에 이르렀다.

다행히 북해빙궁의 수호자들이 양잔을 척살하고 비기를 회수했지만, 그의 죽음에 절망한 소화군은 끝내 자결하고 말았다. 소화군은 죽으면서도 빙궁을 증오했고 저주했다.

그 사건은 북해빙궁의 명성을 땅바닥에 추락시켰고, 빙궁의 무인들에게 큰 상처를 남겼다.

여인은 절대 궁주가 될 수 없다는 주장이 강력하게 재기되었다.

빙궁의 여인들은 그럴 수 없다고 팽팽히 맞섰다.

그래서 만들어진 것이 애별철심관이었다. 남녀 간의 애정 따윈 마음에 담지 않는 철의 심장을 지닌 여인만이 궁주가 될 수 있다는 조건이 생긴 것이다.

한데 그 시험에도 문제가 있었다.

열 길 물속은 알아도 한 길 마음속은 모른다고, 사랑하지도 않는데 사랑하는 척하고 이별하는 것을 구분해 낼 수 없었던 것이다.

이후 시행착오를 거치면서 한 가지 사항이 추가되었다. 그것은 천리를 거스르는 너무나도 잔인한 것이었다.

바로 자식을 낳아서 남편과 아이를 떠나야 하는 것이다. 그 이별의 아픔까지 이겨낼 수 있을 때, 비로소 궁주의 직위에 오를 수 있었다.

그 시험을 관장하는 사람들이 바로 천원의 고수들이었다. 여인이 궁주가 되었을 때, 그들은 철저히 궁주를 감시했다.

그들은 아무 권력도 없었지만 단 하나, 궁주가 이별한 사내와 자식을 다시 만나면 궁주를 해임할 수 있는 절대적인 권한을 가졌다. 앞서 소랑이 걱정한 것도 그 때문이었다.

"진심으로 사랑하지 않을 자신이 있다고 하지 않았느냐?"

정말 그러했다. 저잣거리에 순박한 얼굴로 서 있던 그를 딱 찍었을 그때도. 그와 함께 호랑이를 잡던 그때도. 그를 알아가면서 점점 더 마음이 흔들리는 것을 느꼈을 때도. 그와 사랑을 나눌 그때도… 독하게 이별할 수 있을 줄 알았다. 바람처럼 왔으니, 바람처럼 떠날 수 있을 것이라 자신했다.

사람에 대한, 사내에 대한 사랑 따윈 마음에서 시작해서 마음에서 끝나는 것이라 생각했다. 마음은, 마음 따윈 스스로 조절할 수 있다고 자신했다. 하지만… 사람의 마음에는 따위란 말을 절대 붙여선 안 된다는 것을 뒤늦게 깨달았다.

"그와는 헤어질 수 있습니다. 하지만 아이만은… 아이만은 절대 포기할 수 없습니다."

"안 된다!"

"제발! 아이와 함께 있게 해주세요, 사부님!"

"안 될 말이다! 안 될 말이야!"

"어흐흐흑, 사부님. 제발! 앞으로 뭐든 시키는 대로 하겠습니다. 그러니 제발 아이만은!"

그녀의 절규가 메아리처럼 서글프게 울려 퍼졌고 눈물이 끝없이 흘러내렸지만 빙옥심은 단호했다.

"바꿀 수 없는 원칙이란 것을 너도 잘 알지 않느냐?"

배가 불러올 때까지만 해도 설이연은 아이와 이별할 수 있을 것이라 자신했다.

하지만 아이의 울음소리를 듣는 순간, 아이를 처음 보는 순간, 모든 것이 바뀌었다. 이 세상에는 직접 보거나 경험하지 않으면 알 수 없는 것들이 존재할 것이다. 그리고 그녀는 확신했다. 태어난 아이를 보는 그 순간이 그것들의 가장 최우선에 있을 것이라고.

고개를 숙이고 있던 설이연이 결심했다.

"그럼 궁주 직을 포기하겠습니다."

설이연이 자리에서 일어나서 성큼성큼 문을 향해 걸어나갔다. 이대로 북해빙궁을 떠날 작정이었다.

그때 뒤에서 들려오는 차가운 한마디.

"어리석은 년."

"죄송합니다."

그리고 그녀의 발걸음을 붙잡는 충격적인 말이 이어졌다.

"네가 궁주가 되지 못한다면… 너는 물론이고 네 어미까지 죽게 될 거다. 널 아끼는 모두가 죽게 될 것이다."

설이연이 흠칫 놀라며 고개를 돌렸다.

"새로운 궁주가 너를 그냥 둘 줄 아느냐? 가장 우수한 성적으로 최단시간 모든 관문을 통과한 너를? 본 궁에서 가장 인기가 많은 너를? 모두가 궁주가 되길 바랐던 너를? 만약 그렇게 생각했다면 넌 정말 어리석은 년이다. 네 어리석음이 네 어미를 죽이고 너 자신까지 죽일 것이다."

놀란 설이연이 멍하게 서 있었다. 자신을 향한 빙옥심의 눈빛은 더없이 잔인했지만 분명 진실이 담겨 있었다.

설이연의 눈에서 다시 눈물이 주르륵 흘러내렸다.

빙옥심이 차갑게 말했다.

"지금 필요한 것은 그딴 싸구려 눈물이 아니라, 네 결단이다."

다시 설이연이 현실로 돌아왔다.

여전히 빙옥심의 눈빛은 그때처럼 차가웠다.

다른 점이 있다면 설이연의 태도였다. 눈물 대신 담담한 표정으로 빙옥심을 대하고 있었다.

'그건 싸구려 눈물이 아니었습니다.'

하지만 설이연은 그런 마음을 표현하지 않았다.

대신 담담히 대답했다.

"화나지 않았습니다."

"그런데 왜!"

버럭 화를 내려던 빙옥심이 가볍게 한숨을 내쉬었다.

빙옥심은 확신했다. 그때 설이연을 설득하지 않았다면 그녀

빙궁비화 59

와 그녀의 모친은 죽었을 것이라고. 빙궁이라고 권력 싸움마저 순백의 눈처럼 아름답진 않을 테니까.

"천원에서는 네가 실수하기만 기다리고 있다. 그들은 여인이 궁주가 되는 것을 지독히 싫어하니까. 지금까지 잘해오지 않았느냐?"

빙옥심의 말처럼 잘해왔다.

처음 몇 년간은 오직 궁주 직을 이어받는 그 수많은 일에만 몰두했다. 적호와 서현이를 생각하지 않으려고 필사적으로 애썼다.

눈물은 아무도 없는 데서만 흘렸다.

그렇게 몇 년이 지나 모두들 더 이상 자신이 과거에 얽매이지 않는다고 확신했을 때, 그녀는 소랑을 통해 은밀히 적호와 서현이에 대해 알아보았다. 그전에는 감시가 워낙 심해 알아보고 싶어도 알아볼 수 없었다.

그리고 서현이가 아프다는 것을 알았다. 적호가 딸아이를 위해 십이귀병이 된 것도 알았다. 그날 이후 그녀는 단 하루도 편하게 잠을 잔 적이 없었다.

빙옥심이 자리를 박차고 일어났다.

"이대로라면 넌 그들이 원하는 파멸의 길을 걸어가고 있는 것이다."

설이연이 차분히 대답했다.

"걱정 마세요, 전 제가 어디로 가고 있는지 알고 있으니까요."

"과연 그럴까?"

화난 표정으로 빙옥심이 방을 나갔다.

그녀가 나가자 설이연이 한숨을 내쉬었다. 어쩌면 빙옥심의 말처럼 위험을 자초하고 있을지도 모를 일이었다. 적호에 대한 그리움 때문이 아니었다. 적호는 앞으로 보지 않아도 견딜 수 있었다.

하지만 아이가 아프다는 것을 안 이상 그냥 두고 볼 수만은 없었다. 대신 서현이의 치료와 자신은 아무 관계가 없는 듯 최대한 조심스럽게 행동하고 있었다.

서현이가 빙궁에 오는 날이면 당장에라도 달려가서 아이를 안아주고 싶은 열망을 참고 또 참았다. 천원의 늙은이들을 모두 죽여 버리고 당당히 적호와 서현이를 만나고 싶다는 욕망을 애써 참았다.

소랑이 다시 안으로 들어왔다.

"괜찮으십니까?"

그녀가 설이연의 눈치를 살폈다.

설이연이 다시 창가에 섰다.

"괜찮지 않아."

그날 이후, 단 하루도 괜찮은 날이 없었다.

"아이를 버린 것은 내 선택이었어. 버리지 않을 수도 있었지."

"하지만 그랬다면……."

"적어도 당당하게 죽었겠지. 그랬다면……."
"궁주님!"

설이연이 희미하게 웃었다. 결과적으로 다 핑계일 뿐이다. 결국 현실은 딸아이를 버리고 궁주가 되었으니까.

그녀의 눈빛이 깊어졌다. 세상 사람 모두가 이해해도 적호와 서현이에겐 용서받지 못할 것이다. 애초부터 접근 자체에 불순한 의도가 담겨 있었으니까.

"서현이의 치료가 끝나면 다신 그들 앞에 나타나지 않을 거야."

서현이의 치료를 위해서 모든 것을 제공할 것이다. 그로 인해 궁주 직에서 쫓겨나게 된다 해도 그 일만은 멈추지 않을 것이다. 하지만 그들 앞에 나타나지 않을 결심은 진심이었다.

"그를 위해서도, 아이를 위해서도."

평생 아파할 것이다. 당연히 아파야 한다고 생각했다. 그녀는 그 아픈 인생을 자신의 것으로 받아들였다.

"아이만 나으면… 낫기만 하면… 난 아무래도 상관없어."

* * *

세 사람이 산을 오르고 있었다.
서현이를 앞세우고 그 뒤로 고원정과 사공후가 따랐다.

서현이가 폴짝폴짝 뛰면서 앞장서 걸었다. 장난을 치는 것 같았지만, 서현이가 디디는 곳은 일정한 규칙이 있었다. 바로 사상혼원진의 생로를 정확히 디디고 있는 것이다.

서현이가 생로를 정확히 기억한 것이다. 자주 오간다고는 하지만, 어린 서현이가 그곳을 정확히 기억하는 것은 결코 쉬운 일이 아니었다. 그만큼 서현이는 총명했다.

물론 잘못 밟는다고 해도 당장 서현이가 어떻게 되지는 않았다. 이 진법은 기본적으로 길을 잃게 하는 데 목적을 두고 있었다. 서현이가 실수를 하더라도 상관없었다. 고원정은 몇 년을 두고 사상혼원진을 연구했고 손수 설치까지 했으니까.

어쨌든 그들이 걷는 그 길은 전혀 진법이 설치되지 않은 듯 보였는데, 진법의 고수가 아니라면 절대 자신이 진법에 빠진 줄도 모른 채 엉뚱한 곳으로 나가게 되어 있었다. 산 정상 부근에 있는 그들의 모옥은 우연히라도 발견할 수 없는 것이다.

"현이가 잘 견뎌주어서 참으로 다행이외다."

사공후의 말에 고원정이 고개를 끄덕였다. 확실히 서현이는 예전보다 나아 보였다. 예전보다 볼 살도 통통해졌고 삐쩍 말랐던 몸에 살집이 올랐다. 하지만 그것은 약에 의한 임시적인 효과에 불과했다. 지금부터 겨울까지 기존의 치료에, 체중을 불리고 체력을 키우는 일에 집중해야 했다.

"참으로 대견한 녀석이지요."

빙궁비화

고원정의 말에 사공후가 미소를 지었다.

이제 두 사람에게 있어 없어서는 안 될 사람이 바로 서현이었다.

"조심해야지!"

"헤헤, 걱정 마세요, 할아버지!"

폴짝폴짝 장난을 치면서도 서현이는 잘도 길을 열었다.

저만치 앞장서 걷던 서현이가 작은 돌멩이 위에 올라서서 두 사람을 기다렸다.

"할아버지, 여쭐 게 있어요."

"뭐냐?"

"아빠가 일하시는 신군맹은 어떤 곳이에요?"

적호가 신군맹의 무인으로 있다는 것을 예전에 말해준 적이 있었다.

"그것이 궁금하더냐?"

"네."

고원정이 서현이의 머리를 쓰다듬었다. 좀처럼 적호에 대해 묻지 않던 서현이었다.

사실 서현이의 모든 관심사는 적호였다. 일부러 자신이 걱정할까 봐 마음을 숨길 때가 많았다. 어린것이 기특하다는 생각이 들 정도로.

"이제 할아비가 길을 여마."

고원정이 서현이를 번쩍 들어서 목마를 태웠다.

"와아아!"

활짝 웃으며 신나하는 서현이를 목마 태운 채 고원정이 걸음을 옮겼다.

"이 강호에는 사악련이란 곳이 있단다."

"사악련요?"

"그래, 강호의 나쁜 사람들이 모두 모인 곳이지."

세상이 어떻게 흑백논리로만 설명될 수 있을까마는 적어도 지금 이 어린 서현이에게 다른 방법으로 신군맹을 설명할 수는 없었다.

"신군맹은 바로 그들을 무찌르고자 만들어진 곳이다."

"아빠는 좋은 일을 하는 거네요."

"아무렴."

잠시 서현이가 아무 말을 하지 않았다.

"왜 그러느냐?"

"세상의 악인들이 다 모였다면, 그들 중에 무서운 사람들도 있지 않을까요?"

제 아비가 걱정이 된 모양이었다. 그때까지 옆에서 듣고 있던 사공후가 웃으며 말했다.

"네 아버지는 그 어떤 고약한 악인들보다 더 무섭고 강한 사람이다. 사악련의 모든 악당들이 벌벌 떤단다."

"아, 역시!"

그제야 조금 안심하는 기색의 서현이었다. 물론 총명한 아

빙궁비화 65

이였으니 순진하게 그 말을 믿지는 않았다. 믿으려 애쓰는 것이다.

"현아."

"네."

"우리 현이가 건강해질 날이 이제 얼마 남지 않았단다."

"헤헤헤. 저 내려주세요!"

서현이의 얼굴에 기대감이 가득했다. 건강해지면 아빠와 할 일이 너무나 많았다. 누구보다 간절히 그날을 기다리는 사람은 서현이었다.

서현이가 진법의 마지막 생로를 밟으며 기분 좋게 뛰어갔다.

스스스스스.

마지막 순간 안개가 걷히는 느낌이 잠시 들면서 그들이 진법을 벗어났다. 저 멀리 아담한 모옥이 보였다.

앞장서 뛰어가는 서현이를 바라보는 고원정의 눈빛이 깊어졌다.

'그래, 그렇게 걷다 보면 이렇게 안개가 걷히는 날이 올 거다. 네 아비가, 그리고 이 할아비가 그렇게 만들어줄 것이다.'

第六十三章
도천풍운

절대
강호

도천주 심대환(沈大宦)의 불편한 심기가 그의 표정에 고스란히 드러나고 있었다.

"대체 삼공녀는 일 처리를 어떻게 한 것인가?"

사악련의 소행이라고 발표는 했지만, 도천의 주인인 그였다. 삼공녀의 계략이 실패했다는 것쯤은 짐작할 수 있었다.

그 앞에서 보고를 하고 있는 중년 사내는 명진(明進)으로 도천의 대표적인 무력 단체인 천도단을 이끄는 수장이었다. 심대환이 가장 신임하는 수하이기도 했다.

명진 옆에 심대환의 장녀인 심가휘(沈佳徽)가 있었다. 한눈에도 그녀의 도도한 성격을 짐작할 수 있는 외모였다. 도도한 생김새의 그녀는 아버지를 도와 도천의 여러 일들을 맡고 있었다.

"그래서 패극이는?"

"현재 검천은 대공자의 명예 회복에 총력을 쏟는 중입니다."

"빌어먹을!"

심대환이 못마땅한 얼굴로 혀를 찼다. 그는 대공자와 함께 검천의 몰락을 간절히 기대했다. 그 얄미운 신패극이 패망하는 꼴을 보고 싶었는데 막판에 기사회생한 것이다.

"젠장!"

대공자와 검천이 나섰다면 최대한 빠른 시간에 모든 평판을 되찾을 것이다.

심가휘가 입을 열었다.

"문제는 그게 아니에요. 중추절에 후계자를 뽑는다는 발표가 난 후, 대공자와 삼공녀는 서로를 무너뜨릴 음모를 세웠어요. 이번에 대공자가 거의 몰락 직전까지 간 것도 그 때문이지요. 이제 대공자의 본격적인 반격이 시작될 거란 점이에요."

심대환과 명진이 고개를 끄덕였다.

심가휘가 나직이 말했다.

"아버님, 지금부터 조심해야 해요. 언제 어디서 어떤 일이 벌어질지 알 수 없어요."

"이렇게 중요한 시기에 사영이는 대체 어딜 싸돌아다닌다고 코빼기도 안 보이는 것이냐?"

심사영(沈司榮)은 심가휘의 동생이자 도천의 후계자였다.

스무 살이 넘었지만 여전히 철이 안 든 행동을 해서 심대환의 속을 썩이는 그였다.

"여기저기 돌아다니며 견식을 쌓는 것도 나쁘지 않겠죠."

심가휘가 동생의 편을 들어주었다.

심대환이 고개를 내저었다.

"그렇다면 오죽 좋겠느냐마는 어디 천한 기녀들하고 어울리고 있겠지."

정말이지 성격이 딸아이와 바뀌면 얼마나 좋을까란 생각이 절로 들었다. 그렇다면 정말이지 도천은 검천의 위세를 꺾을 수 있을 것이다.

그때 밖에서 수하의 다급한 목소리가 들렸다.

"큰일 났습니다."

심가휘가 급히 수하를 들였다.

헐레벌떡 뛰어들어 온 수하가 사색이 되어 말했다.

"공자님께서 실종되셨습니다."

* * *

"하하하하! 백 공자는 대운을 타고난 인물이네."

구양서는 휘각의 집무실이 떠나가도록 웃었다. 그는 기쁨을 참지 못했다. 정말이지 앞에 선 엄백양을 부둥켜안고 볼에 입맞춤이라도 해주고 싶은 심정이었다.

"전 이해할 수가 없습니다."

엄백양은 삼공녀가 갑자기 깨어난 것도, 이번 일의 배후가 사악련이란 것도 이해할 수 없었다.

"계략이 깨어진 것이지."

"누구에게 말입니까?"

"적호."

구양서는 그렇게 믿었다. 원래라면 거리상 돌아올 수 없는 곳에 있던 적호였다. 한데 적호는 그보다 훨씬 일찍 돌아왔다.

"다들 사도를 죽인 것이 이선이라 생각하겠지만……."

엄백양이 고개를 끄덕이며 동조했다.

"적호겠지요."

다른 사람은 몰라도 두 사람만은 알았다. 적호가 얼마나 뛰어난 무인인지. 생존력이 얼마나 강한지. 모르긴 해도 사도를 죽이는 데 치명적인 부상을 입힌 사람은 적호였을 것이다.

물론 그 배후에서 명령을 내린 것은 대공자일 것이다.

"적호의 부상은?"

"한동안 요양을 해야 할 것 같습니다."

"상대가 사도였다면… 죽지 않은 것만 해도 다행이지."

"그렇지요."

"사도가 죽었으니 사악련에선 난리났겠군."

"그럴 겁니다."

"당분간 사악련의 움직임을 예의주시하게."

"알겠습니다."

"참, 그리고 강호 정세는 어떤가?"

"대공자에 대한 평판이 빠르게 회복되고 있습니다. 대공자 측에서 적극적으로 나서서 수습 중인 것 같습니다."

"삼공녀는?"

"이상하리만치 조용합니다."

"이번 일로 타격이 크겠지."

그때 홍사백이 집무실 문을 두드렸다.

"잠시 나와보셔야겠습니다."

"뭔가?"

홍사백이 굳이 두 사람을 불러냈다는 것은 심각한 상황이란 뜻이었다. 두 사람이 황급히 밖으로 나갔다.

홍사백이 한 장의 명령서를 건넸다.

"방금 도착한 것입니다."

엄백양이 힐끗 벽의 기관을 쳐다보았다. 기관은 맹 자 글자에 멈춰 있었다. 신군맹 자체의 문제란 뜻이었다.

명령서를 펼쳐 본 엄백양이 깜짝 놀랐다.

"이런!"

엄백양이 서둘러 명령서를 구양서에게 건넸다. 명령서를 읽은 구양서도 깜짝 놀랐다.

"심사영이 실종되었다고?"

구양서와 엄백양이 심각한 표정으로 서로를 마주 보았다.

"확실한 보고야?"

"그렇습니다."

그때였다. 다시 명령서가 내려왔다.

성— 홍사백이 재빨리 명령서를 읽었다.

"도천에서 귀병 둘을 지목해서 요청했습니다."

"누굴?"

"추견(追犬)과 적호입니다. 그리고 적호는 반드시 보내랍니다."

열두 번째 지지 중 개에 해당하는 술(戌)이 바로 추견이었다.

구양서와 엄백양은 그들이 추견을 요청한 이유는 알 수 있었다. 추견은 십이귀병들 중 추종술의 달인이었다. 실종된 심사영을 찾는 데 적격이라 할 수 있었다.

"한데 적호는 왜?"

"이유는 밝히지 않았습니다."

"빌어먹을! 부상이라서 안 된다고 해!"

"정말 그렇게 답할까요?"

홍사백이 망설이며 구양서의 눈치를 살폈다. 살짝 흥분한 엄백양의 명령대로 처리할 문제가 아니란 판단 때문이었다.

과연 구양서는 뒤에서 묵묵히 고개를 끄덕이고 있었다.

그들이 적호를 요청한 것은 당연한 일이라 생각했다. 자식이 실종된 일이었으니 당연히 십이귀병들 중 최고를 요청했을 것이다. 사실 그들이 전 귀병을 다 동원해 달라 해도 이상할 것이 없었다.

그에 비해 엄백양은 짜증이 났다.

"정말 보내시렵니까?"

엄백양의 물음에 구양서는 잠시 대답을 아꼈다.

그때 홍사백이 조심스럽게 말했다.

"이미 그들이 적호에게 직접 사람을 보냈답니다."

"뭣이? 왜?"

"직접 데려가겠답니다."

"이런 미친놈들! 지금 당장 적호를 빼돌려!"

엄백양이 더욱 목청을 높였다. 물론 그럴 수 없다는 것은 그곳에 있는 모두가 아는 일이었다. 아무리 잘나가는 휘각이라 할지라도 도천에 정면으로 대항할 수는 없었다. 그것도 자식 문제가 걸린 일에 있어서.

공연히 화가 난 엄백양이 툭 내뱉었다.

"소모품들인데, 아프든 말든 그냥 막 굴리는 거죠. 병이 도져서 죽으면 즉각 새로운 대체품이 오겠지요."

그 짜증을 쓸데없는 소모적인 인간미라 여긴 구양서가 무뚝뚝하게 그 말을 받았다.

"그건 자네도 마찬가지지."

엄백양의 반응을 살피지 않고 구양서가 집무실로 들어가 버렸다.

엄백양이 화난 표정으로 휘각원들에게 말했다.

"너희도 같은 생각이냐?"

조비랑이 쓸데없는 말을 늘어놓으려고 입을 열려 하자, 제갈수연이 그의 옆구리를 찔러 제지했다.

엄백양이 씩씩대며 작전실을 나가자 그제야 제갈수연이 조비랑의 귓가에 속삭였다.

"똑똑한 자식들은 아빠, 엄마가 싸울 때는 찍소리도 내지 않는 법이랍니다."

*   *   *

"명령이 내려왔어?"

다시 적호를 찾아온 연이 한숨부터 내쉬었다.

"이건 너무 부당합니다."

"돈 많이 벌라는 뜻으로 생각하자고."

적호가 피식 웃었고 연이 고개를 내저었다.

조직에는 지금보다 더 큰 부상을 당한 것으로 알려져 있었다. 한데도 명령이 내려왔다는 것은 정말 비정한 결정이라 볼 수 있었다. 물론 그만큼 중요한 사건이기도 했지만.

"무슨 일인데?"

"도천주의 아들이 실종되었습니다."

적호가 깜짝 놀랐다.

"어떻게?"

"수행무인과 함께 흔적도 없이 사라진 모양입니다."

적호의 표정이 심각해졌다.

"원래 도천주에게는 자식이 둘 있습니다. 이번에 실종된 심사영과 그 위로 누이인 심가휘가 있습니다."

"한마디로 그쪽 후계자가 실종된 것이군?"

"그렇습니다."

지금 상황에서 도천의 후계자가 실종되었다는 것은 매우 심각한 일이었다. 적호는 본능적으로 이번 일이 대공자와 삼공녀의 권력 싸움과 관련이 있을지도 모른다는 생각이 들었다. 지금까지 경험한 공교로운 시기에 벌어지는 대부분의 사건들이 그러했듯이.

"도천은 지금 난리가 났겠군."

"네, 그 이상이죠."

"심사영은 어떤 인물이지?"

"나이 스물둘, 성격이나 행동은 전형적인 권력가의 후계자입니다. 지금까지 여러 사고들을 쳤는데, 대부분 아버지에게 인정받기 위한 일들이었습니다. 도천주가 아들인 심사영보다 딸인 심가휘를 더욱 인정한다는 것은 공공연한 비밀입니다."

"실종이 확실해?"

스물둘이면 한창인 나이였다. 여인과 어울려 며칠 잠적할 수도 있는 일이란 생각이 들었다.

"일정 시간마다 수행무사가 반드시 연락을 취하게 되어 있답니다. 한데 그 연락이 완전히 끊어진 모양입니다."

도천의 후계자쯤 되면 그 호위는 아주 체계적일 것이다.

"호위무인은 누구지?"

"단호풍(檀湖風)으로 절정고수로 알려져 있습니다. 오랫동안 심사영을 호위한 인물로 믿을 만한 사람입니다. 성실하고 충직한 그의 성품으로 미루어 도천에서는 이번 일을 확실한 납치로 여기고 있습니다."

"그를 납치할 만한 원한을 진 곳은?"

"굳이 말하자면 검천인데, 대공자의 명예 회복에 전력 중인 검천이 이런 짓을 저질렀을 가능성은 없습니다. 검천 이외에도 여러 이해관계들이 얽혀 있지만, 일단 대놓고 후계자를 납치할 만한 곳은 없습니다."

"쉽지 않은 일이군."

적호가 가볍게 한숨을 내쉬었다.

그때 저 멀리서 인기척을 느꼈다. 그 거리를 볼 때 예전보다 감이 더 좋아졌다.

적호의 반응에 연도 정신을 집중했다.

다섯을 셀 시간이 흘렀을 때 연도 그 기척을 느꼈다. 예전이라면 비슷하게 상대의 기척을 알아차렸다. 적호에 비해 무공 실력은 훨씬 낮았지만 은신의 고수였기에 상대의 기를 느끼는 일에 조예가 깊었기 때문이다.

하지만 이제 상대의 기도를 감지하는 능력은 적호가 훨씬 앞서 가기 시작했다. 그만큼 적호의 무공이 늘어난 것이다.

연이 몸을 날려 그곳에서 사라졌다.

홀로 남은 적호가 양쪽 팔에 끼고 있던 반력환을 한쪽 손목에 착용했다. 적호의 맑은 눈빛이 순식간에 가라앉았다.

이윽고 그곳으로 두 사람이 들어섰다.

앞장선 여인은 심가휘였고 그 뒤에서 칼날처럼 날카로운 눈빛으로 적호를 노려보는 사내는 명진이었다.

"심가휘예요."

적호는 명진의 무위를 단번에 느꼈다. 상대의 기도를 알아차리는 안목은 반력환과는 아무 상관이 없었던 것이다. 오히려 예전보다 빠르고 명확하게 상대의 기도가 읽혔다.

무공 수위는 절정, 더 정확히 평가하자면 사도에는 미치지 못하고 이선보다는 나은 실력이었다.

기도는 칼날처럼 날카롭고 강철처럼 단단했다. 그가 어떻게 싸울지 그림이 그려지듯 상상이 되었다.

휘리리릭.

이십여 명의 무인이 입구에 내려섰다. 하나같이 일류고수들로 그들은 이번 일을 처리하기 위해 천도단에서 기려 뽑은 고수들이었다.

반면 적호는 반력환을 차고 있었고, 거기에 더해 스스로의 기도를 좀 더 감췄다. 거의 일 할 정도의 기도만 내보이고 있는 것이다.

명진의 눈빛에 가소로움이 스친 것도 그 때문이었다. 십이귀병이니 뭐니 해도 그저 수하들보다 조금 더 나은 수준에, 실전에 좀 더 강한 돈에 팔린 칼잡이에 불과하다는 생각이 든 것이다.

심가휘가 빠르게 말했다.

"명령을 받았겠지만 내 동생 심사영이 실종되었어요. 사영이를 찾는 데 당신들이 도와줘야겠어요."

그녀는 자신만만했으며 도도했다. 검천주의 딸인 신영영과는 다른 느낌이었다. 신영영이 천박하고 원색적이라면, 심가휘는 명문이란 이름에 잘 어울리는, 그래서 어딘지 모르게 여유가 없는 느낌이었다.

적호가 차분히 말했다.

"알고 왔는지 모르겠지만 난 부상에서 아직 회복되지 않았소."

뒤에 선 명진의 눈빛이 날카로워졌다. 심가휘가 말하는데 감히 토를 다느냐는 꾸짖음이었는데, 적호는 그의 시선을 못 본 척 외면했다.

적호는 굳이 의식적으로 예의를 차리려 하지 않았다. 적호는 명진 같은 유형의 사람들이 아랫사람들을 어떻게 부리는지 경험으로 잘 알고 있었다. 이런 부류는 아랫사람이 머리를 숙인다고 절대 친근하게 대하지 않았다. 오히려 더욱 압박하거나 난처한 명령을 내렸다. 한마디로 상대가 아쉬워 온 이상 굳이 잘 보일 필요가 없다는 것이다.

"우린 당신의 검이 필요한 것이 아니에요."

심가휘가 고개를 돌려 뒤쪽의 명진과 무인들을 힐끗 쳐다보았다. 이들이 있는데 너의 힘을 빌리러 왔겠냐는 가벼운 질책이 담긴 행동이었다.

"그럼 왜 나를 찾아온 거요?"

"당신들은 내 동생을 찾아내 주기만 하면 돼요."

당신들이란 말에 적호의 눈빛이 가늘어졌다.

그때 연의 전음이 들렸다.

[추견과 합류하기로 되어 있습니다. 아까 드리려던 말씀이었지요.]

[왜 하필 그지?]

[그는 귀병들 중 추종술의 달인으로 알려져 있습니다.]

[한데 왜 나까지?]

대답을 해준 것은 심가휘였다.

"당신이 귀병들 중 최고라고 들었어요."

그녀가 돌아서며 빠르게 내뱉었다.

"최고라면 뭐가 달라도 다르겠지."

*   *   *

두두두두!

달리는 마차에 적호와 심가휘, 그리고 명진이 자리하고 있었다.

마차가 향하는 곳은 추견과의 접선 장소였다. 그들은 적호와 추견을 직접 데려갈 생각인 것이다. 마차 뒤로 천도단 무인들이 말을 타고 따르고 있었다.

적호는 말없이 창밖을 바라보고 있었다.

무료하게 앉아 있기가 심심했는지 심가휘가 불쑥 물었다.

"이 일은 왜 시작하셨죠?"

그녀 나름대로 관심을 보인 질문이었는데, 말투에 십이귀병에 대한 무시가 담겨 있었다.

"돈벌이가 된다 해서 시작했소."

적호가 무뚝뚝하게 대답했다.

옆에 앉은 명진의 입가에 비웃음이 스쳤다.

적호가 살핀 그는 전형적인 관료형 무인이었다. 적호는 오히려 그런 점을 대단하게 생각했다. 정치적인 성향을 지니면서도 이런 절정의 실력을 갖추긴 어렵기 때문이었다. 앞서 보았던 야공이나 엄백양 등이 절정고수에 이르지 못한 것도 그러한 이유 때문이었다.

적호의 그런 후한 평가에도 불구하고 명진은 지금의 이 상황을 매우 못마땅하게 여겼다. 그는 굳이 십이귀병을 끌어들이지 않더라도, 자신과 천도단만 있어도 심사영을 찾아낼 수 있다고 여겼다.

하지만 심대환은 이번 일에 십이귀병을 합류시켰다. 그로서는 좀 더 확실히 일을 처리하려는 의도였다. 자식의 안위와 관련된 일이었다. 사실 마음으론 십이귀병도 모두 동원하고 싶었다.

하지만 그건 현실적으로 불가능했다. 또 쓸데없이 소문이 퍼지면 더 나쁜 결론이 날 수도 있었다. 그래서 최고라 알려진 적호와 추종술의 달인인 추견만 청한 것이다.

입가에 묘한 미소를 지은 채 심가휘가 다시 물었다.

"그래서 돈은 많이 벌었나요?"

적호가 내심 웃었다. 도천의 천금으로 자란 그녀는 자신의 손으로 단 한 푼도 벌어본 적이 없을 것이다. 자신이 직접 돈을 벌어본다면 저렇게 쉽게 저런 질문을 하진 못할 것이다.

"벌 만큼 벌었소."

무뚝뚝한 적호의 태도가 그녀의 호기심을 자극했다.

적호는 그녀가 동생의 안위에 대해 그리 큰 걱정을 하지 않는다는 것을 깨달았다.

지금까지 봐온 많은 사람들이 이러했다.

자신의 자식을 죽이려 한 대공자나 친동생을 죽이려 한 신영영이나.

정도의 차이는 있지만 지금 심가휘 역시 비슷한 느낌이었다.

동생이 실종된 상황에서 자신에게 이런 질문이나 던지고 있다는 것이 그것을 증명했다.

이미 여러 번 비슷한 경우를 경험했기에 그녀에 대한 거부감은 없었다. 그녀는 그런 환경에서 이렇게 성장한 것일 뿐이니까.

"사람은 몇 명이나 죽여봤죠?"

"기밀이오."

"아하, 그렇군요."

그녀가 야릇하게 웃었다. 그녀에게서 제법 날카로운 기도가 느껴졌다. 도천주의 무공을 전수받았을 테니 무공 역시 나이에 비해 대단할 것이다.

하지만 그녀에게 실전 경험이 느껴지지 않았다. 싸우다 상대의 피를 얼굴에 뒤집어썼을 때 당황해서 검을 떨어뜨릴 애송이였다.

물론 도천주가 그것을 모르고 내보냈을 리는 없었다. 옆에 앉은 명진을 믿고 내보낸 것이리라.

명진이 입술을 달싹거리고 있었다. 적호는 그가 심가휘에게 전음을 보내고 있다는 것을 눈치챘다. 천박한 자니 더 이상 말을 섞지 말란 말일 것이다.

과연 전음이 전해지자 심가휘는 더 이상 말을 걸지 않았다.

적호가 다시 창밖을 쳐다보았다.

어차피 다 스쳐 지나가는 인연들일 뿐이다. 작은 행동 하나

하나에 의미를 둘 필요가 없다.

　조금 건방지면 어떻고, 잘난 척 좀 하면 또 어떤가?

　어차피 이번 일이 지나가면 다시는 보지 않을 사람들인데. 적호는 공연한 일에 심력 소모를 할 필요가 없다고 생각했다.

　이윽고 세 사람을 태운 마차가 멈춰 선 곳은 신군맹의 또 다른 안가였다.

　일행이 안가의 마당에 들어섰을 때, 그곳 마당에서 한 사내가 혼자 앉아서 술을 마시고 있었다. 바닥에 흩어진 뼈다귀들로 봐서 이미 여러 마리의 오리가 그의 뱃속에 들어간 것 같았다.

　쭉 찢어진 눈과 각진 턱, 튀어나온 광대까지. 사내의 외모는 그야말로 별로였는데 거기에 그의 입가는 기름으로 번들거리고 있었다. 좋게 말하면 야생미가 넘쳤고, 솔직히 말하면 못생기고 천박한 느낌이었다.

　그를 보자마자 심가휘가 노골적으로 인상을 찌푸렸다. 정말이지 이렇게 첫인상이 안 좋은 사람은 처음이었다.

　그건 명진 역시 마찬가지였다.

　"네가 추견인가?"

　명진이 굳은 표정으로 싸늘히 물었다.

　잠시 일행을 훑어본 사내가 나직이 대답했다.

　"그렇소."

　사내가 바로 추견이었다.

"명령서를 받았지?"

추견이 가만히 고개를 끄덕였다. 자신의 외모에 대한 노골적인 거부감에도 그는 조금도 동요하지 않았다. 그는 보기보다 신중한 사내였다.

"그럼 이야기가 쉽겠군."

원래라면 심가휘가 나서서 할 이야기였는데, 그녀는 인상을 찌푸린 채 한 발 뒤로 물러서 있었다. 추견과는 말조차도 섞기 싫은 것이다.

"너의 추종술이 뛰어나다고 들었다."

명진은 추견을 의심했다. 눈앞의 이 못생긴 사내가 추종술이 뛰어날 것 같지 않아서였다. 못생긴 외모가 능력까지 가리고 있었던 것이다.

"그렇다고 하더이다."

그때 심가휘가 못 미더운 표정으로 툭 내뱉었다.

"왠지 믿기 어렵군요."

두 사람이 어떻게 생각하든 상관없다는 표정을 짓던 추견이 힐끔 적호를 쳐다보았다.

적호의 담담한 표정에서 자신에 대한 호의를 읽어냈다.

"그대는 누구요?"

"적호."

순간 추견의 눈빛이 반짝였다.

"그대가 적호군."

적호가 묵묵히 고개를 끄덕였다.

추견이 들고 있던 술병을 내밀었다.

"한 모금 할 텐가?"

심가휘가 정말 저 더러운 술병에 입을 댈 것이냐는 표정으로 적호를 쳐다보았다.

적호가 망설이지 않고 술병을 받아 들었다.

술을 시원스럽게 한 모금 마시곤 다시 추견에게 건넸다. 독이 들었을지도 모를 타인의 술을 이렇게 망설이지 않고 마시는 것은 보통 일이 아니었다.

"화주인가? 아주 독하군."

그러자 추견이 싱긋 웃었다.

"소문보다는 낫군."

어떤 소문인지는 묻지 않았다. 나쁜 말들이 돌아봐야 그건 최고를 향한 질투들일 것이다.

명진이 고압적인 태도로 말했다.

"자, 어디서부터 시작하지?"

그러자 적호가 담담히 물었다.

"이번 실종 사건에 있어서 우리에게 말하지 않은 것을 말해 주시오."

"뭣이?"

적호를 향한 명진의 눈빛이 날카로워졌다.

"왜 그렇다고 생각하지?"

"대부분 숨기니까."

명진의 눈빛이 꿈틀했다.

"건방진!"

그때 심가휘가 나섰다.

"그래요, 당신 말이 맞아요."

"가휘야!"

"괜찮아요, 숙부님. 도움을 청했으니 알려줄 것은 알려줘야 겠지요. 동생은 근래 어딘가에 빠져 있었어요."

"그게 뭐요?"

"나도 몰라요. 하지만 동생은 그 뭔가에 빠져 집에 붙어 있질 않았죠."

"동생이 마지막에 만난 사람이 누군지 알고 있소?"

"아니요, 대신 동생이 마지막 간 곳은 알고 있어요."

적호가 앞장서 걸어나갔다.

"일단 거기부터 시작합시다."

적호의 태도에 명진은 한껏 인상을 굳혔다. 자신의 입장에선 그야말로 당돌한 행동이었다.

추견이 적호의 뜻에 따르겠다는 듯 기름 묻은 손을 옷자락에 스윽 닦으며 따라나섰다.

심가휘와 명진이 고개를 내저으며 그 뒤를 따랐다.

그렇게 네 사람이 안가를 나섰다.

*   *   *

"단 무인에게 마지막 연락이 온 곳이 이곳이었어요. 하루에 두 번, 정해진 시간에 의무적으로 위치를 알려야 하거든요."

그렇게 네 사람이 도착한 곳은 심사영이 술을 마셨다는 기루의 한 객실이었다. 그곳이 바로 심사영과 마지막으로 연락이 된 곳이었다.

그날 심사영과 함께 있었다는 기녀들이 불려왔다.

"한 치의 거짓이라도 나불거렸다간 그 혀를 뽑아버리겠다."

명진이 살기를 일으키자 기녀들이 부들부들 떨었다.

"그날 무슨 일이 있었느냐?"

"아무 일도 없었습니다. 정말입니다."

"그날 있었던 일을 하나도 남김없이 낱낱이 고하라."

명진이 기녀들을 다그치는 사이, 코를 움찔거리던 추견이 슬쩍 방을 나섰다.

적호가 조용히 그 뒤를 따라 나왔다.

추견이 복도를 천천히 걸으며 말했다.

"피 냄새가 나는군."

적호가 냄새를 맡았지만 피 냄새는 느껴지지 않았다. 적호도 후각이 예민한 편이었는데, 추견은 그에 비할 바가 아니었다.

추견이 복도 끝 방에 도착했다.

도천풍운 89

"이곳이군."

적호가 조심스럽게 문을 열자 방은 비어 있었다.

안으로 들어서며 추견이 눈빛을 반짝였다.

"피 냄새가 진동하는군."

적호가 천천히 방을 살폈다. 겉으로 봐선 아무 일도 없었던 평범한 방이었다.

그때 그 방으로 심가휘가 들어왔다.

"당신들, 여기서 뭐하는 거예요?"

왜 함께 기녀들을 취조하지 않느냐는 불만이 그녀의 얼굴에 드러나 있었다.

"이곳에서 싸움이 있었소."

적호의 말에 심가휘가 주위를 살폈다. 그녀가 봐선 싸움의 흔적을 찾을 수 없었다.

"그걸 어떻게 알죠?"

"잠시 기다려 주시오."

"어딜 가는 건가요?"

대답하지 않고 적호가 방을 나가 버렸다.

"정말 당신들!"

심가휘가 애꿎은 추견을 노려봤지만 그는 모른 척 방 안을 살필 뿐이었다.

그곳으로 명진이 들어섰다. 잔뜩 겁먹은 기녀들에게선 단서가 될 만한 말은 나오지 않았던 것이다.

"예서 무엇을 하느냐?"

"이 방에서 싸움이 있었답니다."

"싸움이?"

명진이 방을 둘러보았다. 하지만 그렇게 살펴서 그 역시 알 수 있는 것이 없었다.

그때 적호가 그곳으로 한 사내를 데리고 돌아왔다. 그는 바로 이곳의 총관이었다.

주눅 든 그에게 적호가 고압적인 눈빛으로 물었다.

"이곳에서 몇 년째요?"

"내년이면 삼십 년입니다."

그야말로 술장사 삼십 년, 여자 장사 삼십 년인 그였다. 산전수전 다 겪은 그였다.

"좋소! 그렇다면 우리 쉽게 갑시다. 당신이나 기루에는 전혀 피해가 가지 않게 처리해 주겠소."

"무슨 말씀인지 모르겠습니다."

총관이 짐짓 겁먹은 표정을 지었다.

"이곳에서 사람이 죽은 것을 아오."

적호의 말에 총관이 흠칫 놀랐다. 노련한 그였지만, 마음을 꿰뚫듯 날아드는 적호의 눈빛은 그가 감당하기 어려운 것이었다.

적호가 다시 덧붙여 말했다.

"괜한 시간 낭비하지 맙시다."

그냥 넘겨짚은 것이 아니란 것을 느낀 총관이 한숨을 내쉬었다.

"어떻게 아셨습니까?"

"그건 알 필요 없고. 솔직히 말하시오. 아까 그 방의 공자가 이곳에서 누구와 싸웠소?"

총관이 더욱 크게 놀랐다. 이미 그의 태도가 질문에 대한 시인을 하고 있었다.

총관은 더 이상 숨기지 못했다.

"상대가 누군지는 알 수 없었습니다."

그때 듣고 있던 명진이 버럭 소리쳤다.

"이 망할 것들! 그런 일이 있었음에도 날 속여! 개 같은 연놈들, 다 죽여 버리겠다!"

단칼에 총관을 베려는 그를 적호가 막아섰다.

명진이 살기를 뿜어냈지만 적호는 침착했다.

"이 일은 내게 맡겨주시오."

명진이 코웃음을 친 후 뒤로 물러섰다. 적호와 추견을 하류 중의 하류로 무시했지만, 그렇다고 개인적인 감정으로 일을 그르칠 정도로 어리석은 사람은 아니었다. 총관을 베려는 것도 적호가 말릴 것을 예상한 일종의 시늉이었다. 덕분에 총관은 겁을 잔뜩 먹었다.

다시 적호가 은근한 살기가 실린 말로 총관을 압박했다.

"아는 대로 다 말하시오."

"저 방에서 놀던 공자님이 안주를 나르는 사람인 것처럼 하고 이 방으로 들어서셨습니다. 지금 생각하면 애초에 그러려고 작정하고 오신 것 같았습니다."

"그래서 어떻게 되었소?"

"애들 말로는 단 한 수에 끝났다고 합니다."

"심 공자가 이 방에 있던 사내를 기습으로 죽였군."

"그렇습니다."

"그를 죽인 후 심 공자가 그에게서 뭔가를 가져갔소?"

"그건 저희도 모릅니다. 살인이 나는 순간 애들이 다 뛰쳐나왔으니까요."

"시체는 어디에 묻었소?"

총관이 잠시 말을 망설였다. 이로 인해 큰 해를 입지 않을까 걱정이 된 것이다. 하지만 이미 엎질러진 물이었다.

"뒷마당에 묻었습니다."

"앞장서시오."

"이해해 주셔야 합니다. 살인이 났다는 소문이 나면 손님이 뚝 끊어지기에……."

"알았으니 그만 갑시다."

그렇게 다섯 사람이 뒷마당으로 나왔다.

총관이 지목한 곳을 적호가 김을 뽑아서 직접 땅을 팠다. 가만히 지켜보던 추견이 적호를 도왔다.

"고맙네."

적호의 인사에 추견이 못생긴 얼굴로 씩 웃었다.

도천풍운 93

"별말을."

그의 웃음에 호감이 실렸다.

사실 추견의 입장에서 자신의 얼굴을 보고 얼굴을 찌푸리지 않은 사람은 근래 적호가 처음이었다. 사내가, 그것도 십이귀병이나 되는 고수가 그깟 외모에 신경을 쓴다 할지 모른다. 하지만 추견에게 외모는 아주 민감하고 예민한 부분이었다.

평소 작전을 나갈 때면 추견은 인피면구를 착용했다. 인피면구를 착용하고 있을 때가 더욱 마음이 편한 그였다. 그래서 대부분의 시간을 갑갑하더라도 면구를 쓰고 있는 그였는데, 아까 세 사람이 방문할 때는 때마침 면구를 벗고 있었다. 자신의 맨 얼굴을 보인 것에 겉으로 표는 내지 않았지만 그는 무척이나 화가 났었다.

그런데 적호의 반응은 너무나 의외였다. 적호는 자신의 외모에 대한 편견이 전혀 없었다. 가식적인 행동이 절대 아니었다. 그 정도는 구별해 낼 수 있을 정도의 눈은 있었으니까.

팍팍팍!

두 사람이 손발을 맞춰 번갈아 땅을 파냈다.

심가휘와 명진은 한옆에서 그 모습을 지켜만 보았다.

이윽고 그곳에서 시체가 모습을 드러냈다. 시체 썩는 지독한 냄새에 심가휘가 코를 쥐고 뒤로 물러났다.

"비켜라."

명진이 뛰어들어 시체를 살폈다. 적호와 추견이 뒤로 물러났다.

거의 뼈만 남은 시체를 아무리 살펴봤자 명진은 그가 누군지 알아차리지 못했다. 오직 그를 죽인 공격이 심사영의 독문 무공일 가능성이 높다는 것만 알아냈을 뿐이었다.

명진이 총관에게 사나운 눈빛으로 물었다.

"놈이 지닌 무기는 없었더냐?"

"네, 그는 무기를 지니지 않았습니다."

"이래서야."

명진이 인상을 찡그린 채 서 있자 적호가 슬쩍 물었다.

"이제 우리가 살펴봐도 되겠소?"

명진이 코웃음을 치며 구덩이에서 나왔다. 자신이 모르는 것을 놈들이 찾을 리 없다는 생각이었다.

적호와 추견이 구덩이로 뛰어들었다. 가장 먼저 적호가 시체의 옷을 벗겼다. 그 바람에 시체 썩는 냄새가 더욱 진동했고 명진과 심가휘가 몇 발짝 더 뒤로 물러났다.

찬찬히 그의 몸을 살피던 적호가 하나의 특이한 상처를 발견했다. 늑골에 길게 베인 오래된 상처를 발견한 것이다. 검상이 아니었다. 뼈를 갉아낸 흔적이었는데, 특이하게도 위는 굵고 아래는 가는 상처였다.

"혹시 이 상처에 대해 아는 것 있나?"

적호의 물음에 추견이 자세히 상처를 살폈다.

한참 상처를 살피던 추견이 이번에는 시체의 양손을 살폈다. 이윽고 추견이 묘한 미소를 지으며 고개를 끄덕였다.

"누군지 알겠군."

"누군가?"

"그는 공명권 백오네."

순간 적호가 깜짝 놀랐다.

어디선가 들었던 이름이었다. 적호의 머리가 빠르게 회전했다. 곰곰이 지난 일을 떠올리던 적호가 그 이름을 어디서 들었는지 기억해 냈다.

지난번 작전에서 죽였던 검벌레 봉양에게 들었던 말이었다. 그에게 장보도를 훔쳐 오라고 시켰던 자가 바로 공명권 백오였다.

적호는 이번 일이 그때의 그 장보도와 관련이 있음을 확신했다.

명진이 추견에게 따지듯 물었다.

"공명권 백오가 확실한가?"

"이 상처는 괴조에게 당한 것이오. 괴조를 죽일 때 생겼다고 그가 언제나 자랑스럽게 떠벌리고 다녔던 상처요. 괴조의 독문병기에 당하면 이런 식으로 위는 두텁고, 아래는 가는 이런 상처가 남지요. 그리고 공명권 백오는 왼쪽 주먹이 오른쪽에 비해 두 배가 크오."

과연 시체의 왼쪽 손이 오른쪽보다 훨씬 컸다.

"그가 확실하오."

추견의 확신에 심가휘가 재빨리 명진에게 말했다.
"지금 당장 공명권 백오란 자와 관련된 모든 것을 조사해야 겠어요."
"그럴 필요 없소."
그녀를 제지한 것은 적호였다.
적호가 구덩이를 훌쩍 뛰어나오며 말했다.
"심 공자가 그를 죽이고 무엇을 가져갔는지 알 것 같으니까."

*   *   *

신군맹 지하 뇌옥으로 네 사람이 들어섰다.
"이곳에 누가 있단 말이죠?"
"가보면 아실 거요."
심가휘와 명진은 저런 적호의 태도가 못마땅했지만 순순히 그 뒤를 따랐다. 태도야 어쨌든 상대는 뭔가 결과를 만들어내고 있었다.
그들이 어둡고 음침한 복도를 걸어 맨 끝 뇌옥에 도착했다.
그곳에 갖은 고초가 온몸에 느껴지는 한 중년 사내가 있었다.
갑작스런 네 사람의 방문에 그가 겁을 먹었다. 구석으로 물러난 그가 눈알을 굴리며 물었다.
"당신들은 누구요?"
사내는 바로 송아문주였다. 일전에 서화검의 여동생을 겁탈

하고 죽이는 죄를 짓고 이곳에 갇혀 있었던 것이다. 적호의 설득대로 서화검은 그 일을 신군맹에 맡겼고, 그가 생각한 것보다 훨씬 공정하고 빠르게 일 처리가 진행되었다. 물론 적호가 뒤에서 신경을 써준 덕분이었다.

적호가 심가휘를 돌아보았다.

그녀가 도천의 권위를 앞세워 달라는 적호의 부탁을 알아듣고 앞으로 나섰다.

"우린 도천에서 나왔다."

도천이란 말에 송아문주가 흠칫 놀랐다. 강호 풍파에 닳고 닳은 그였다. 도천이란 세력이 얼마나 크고 무서운지 누구보다 잘 알았다. 이곳에서 나갈 헛된 희망을 버리지 않고 있는 그였기에 더욱 그러했다.

그는 두려움을 느꼈고, 동시에 기회라 생각했다.

"도천에서 왜 나를 찾은 것이오?"

이제야 그녀의 수하인 양 적호가 나섰다.

"네게 한 가지 대답을 듣기 위해서다."

송아문주가 떨리는 목소리로 물었다.

"무엇이오?"

적호가 매서운 눈빛으로 물었다.

"검신 독야행의 장보도!"

그 말에 송아문주는 물론이고 나머지 세 사람도 깜짝 놀랐다. 그들은 처음 듣는 내용인 것이다.

모두들 숨을 죽인 가운데 적호가 송아문주를 몰아붙였다.
"네가 그것을 얻기 위해 서화검 일가를 해친 것을 알고 있다!"
"그건 오해였소! 장보도는 애초에 없었던 걸로 밝혀졌소."
적호가 싸늘히 물었다.
"진심으로 그렇게 생각하나?"
물론 송아문주는 그렇게 생각하지 않았다. 여전히 그는 장보도가 진짜라고 믿고 있었다. 그랬기에 여기서 나갈 희망을 버리지 않고 있었다. 장보도를 누가 가졌는지 알고 있었기 때문이었다.
"이미 조사가 다 끝난 일이오!"
송아문주의 목소리가 떨렸다. 이미 상대가 다 알고 찾아왔다는 생각에 그는 절망감에 휩싸였다.
"지금 당장 말하지 않으면 오늘 넌 죽는다."
적호가 살기를 일으켰다.
벽에 기대선 채 송아문주가 덜덜 떨며 대답했다.
"모르오, 난 모르는 일이오!"
이미 그가 알고 있다는 것은 지켜보던 모두가 알 수 있었다.
퐈직! 적호가 뇌옥 문을 부쉈다.
송아문주가 미친 듯이 소리쳤다.
"사람 살려! 옥졸! 다들 어디에 있나!"
하지만 뇌옥문이 부서졌지만 달려오는 무인은 없었다. 신군맹 삼천 중 도천의 장녀가 나선 자리였다. 일개 중소방파의, 그것도 영원히 뇌옥을 벗어나기 힘든 죄수를 위해 나설 사람은 아무도 없었다.

적호가 그의 목줄을 움켜쥐었다.

"죽음을 선택하다니 용기가 가상하군!"

우드득. 적호의 손에 힘이 들어가던 그 순간!

공포에 질린 송아문주가 소리쳤다.

"그것은 야객(夜客)이 빼돌렸소!"

적호가 무섭게 송아문주를 쏘아보았다.

"거짓말이면 각오해야 할 거다."

"사실이오."

네 사람이 다시 밖으로 나왔다.

그제야 심가휘가 굳은 얼굴로 말했다.

"어떻게 된 일인지 알아듣게 말해요, 당장!"

적호가 지난 일에 대해 솔직히 말했다. 임무를 수행하는 과정에서 장보도가 등장했었다고. 아마도 심사영이 그 장보도와 관련해서 실종된 것 같다고.

적호는 이제야 알 수 있었다. 장보도는 한 장이 아니었다. 이미 강호에 여러 장이 풀린 것이다. 한마디로 이 모든 일들이 어떤 음모란 뜻이었다. 대공자의 음모이거나 삼공녀의 음모. 물론 적호는 거기까진 심가휘에게 밝히지 않았다.

심가휘가 고개를 끄덕였다.

"어쩌면… 그럴지도 모르겠군요."

분명 설득력이 있었다. 요 근래 자신의 동생은 어딘가에 미쳐 있었다. 그것이 검신 독야행의 장보도라면 그 행동이 설명되었다. 동생은 아버지에게 잘 보이기 위해서라면 무슨 짓이라도 하려 했으니까.

"야객이란 자는 누구죠?"

"그는 강호의 이름난 도적이오."

적호가 추견을 돌아보며 말했다.

"이제 자네에게 달렸네."

추견이 자신만만하게 대답했다.

"그깟 도적놈쯤이야. 내가 왜 추견이라 불리는지 보여주지."

추견이 앞장서 몸을 날렸고 적호가 그 뒤를 따랐다.

심가휘가 명진을 돌아보며 가볍게 한숨을 내쉬었다.

"저들이 뛰어나다는 것. 인정할 것은 해야겠군요."

명진은 아무 대답도 하지 못했다. 그들이 아니었다면 자신들은 여전히 기녀나 닦달하고 있었을 것이다. 그나마 운이 좋았다 해도 고작 코를 틀어막은 채 누군지도 모를 시체나 뒤적이고 있었을 테니까.

    *   *   *

열흘 후, 적호를 비롯한 네 사람은 하나의 석벽 앞에 서 있었다.

적호가 한옆의 기관을 작동하자 석벽이 천천히 열리기 시작했다.

드르르르릉!

입구를 드러내는 석굴을 보며 심가휘의 두 눈이 커졌다.

"장보도가 정말이었군요."

그녀는 야객으로부터 한 장의 장보도를 입수할 때까지만 해도 가짜라고 생각했다.

야객은 강호에서 발 빠르기로 유명한 도적이었지만, 그렇다고 비선망이 지원하고 추견과 적호가 뒤쫓는 추격을 뿌리칠 정도로 대단하진 않았다. 그에게서 독야행의 장보도를 입수했다.

그리고 장보도에 표시된 위치에 오니 정말 기관으로 문이 열리는 석굴이 있었던 것이다.

"그대들은 이만 돌아가게."

명진이 적호와 추견에게 말했다.

혹시나 이 장보도가 진짜일 수도 있다는 일말의 가능성 때문이었다. 진짜 독야행의 무공이 남겨져 있다면 귀병들과 함께 들어가는 것은 큰 낭패가 될 일이었다. 도천에서 무공서를 독식하려면 둘 모두를 살인멸구해야 하는데, 십이귀병 둘을 죽이는 것은 상당히 부담스런 일이었다. 분명 휘각에서 그들의 죽음을 수상하게 여길 것이다. 그냥 이쯤에서 보내 버리는 것이 현명한 선택인 것이다.

그 속내를 짐작한 적호와 추견이 마주 보며 피식 웃었다.

"그러지요, 우린 이만 돌아가겠소."

두 사람이 미련없이 돌아서는데, 심가휘가 말했다.

"잠깐. 당신은 남아요."

그녀가 지목한 사람은 적호였다.

"왜 그러시오?"

"한 사람은 우릴 따라가 줘야겠어요. 이건 부탁이 아니라 명령이에요."

행여나 자신까지 남게 할까 추견이 재빨리 몸을 날렸다.

"난 그럼 가보겠소."

추견이 훌쩍 그곳에서 떠나갔다. 그는 자신들이 입수한 것이 진짜 장보도일 리 없다고 생각했다. 반대로 만에 하나라도 그것이 진짜 장보도라면 큰 위험에 빠질 것이라 확신했다. 이래저래 남아 있어서 이로울 것이 전혀 없다는 판단이었다.

같은 이유로 혼자 남은 적호가 가볍게 한숨을 내쉬었다.

명진이 심가휘에게 전음을 보냈다.

[왜 그를 데려가려는 것이냐?]

[지금까지 보여준 능력으로 볼 때, 그는 분명 어떤 도움이 될 거예요.]

[하지만…….]

[이용할 것은 이용해야지요. 그리고 만사불여튼튼이라 하지 않았나요?]

내키지는 않았지만 명진은 그 뜻을 받아들였다. 귀병이 하나라면 어떻게든 처리할 수 있으리란 생각 때문이었다.

[좋다, 네 뜻대로 하겠다.]

[감사해요, 숙부님.]

천도단의 무인들이 앞장서서 석굴로 들어섰다. 명진이 그들에게 단단히 주의를 줬다.

"조심해라! 살상용 기관장치가 있을 수 있다."

"알겠습니다."

그렇게 일행들 모두가 석굴로 들어섰다.

"저길 봐요!"

심가휘가 가리키는 벽에서 은은한 불빛이 흘러나왔다.

"뭔데 저렇게 빛이 나는 거죠?"

심가휘의 물음에 적호가 대답했다.

"저것은 야명주 조각이오."

적호의 말처럼 그것은 야명주를 깎고 남은 조각들이었다. 주로 이런 인공 구조물의 벽에 박아 조명을 밝히는 역할을 했다. 물론 그 가루조차도 매우 비싸서 보통 일반적인 건축물에는 잘 사용되지 않았다. 그 하나만으로도 이 석굴이 대충 문만 달아둔 어설픈 동굴이 아님을 증명했다.

그렇게 천천히 안으로 들어서는데.

"잠깐!"

갑자기 명진이 모두를 멈추게 했다.

명진이 정면의 빈 공간으로 비수를 하나 던졌다.

비수가 공간을 갈라 건너편 벽에 박혔다. 아주 잠시의 침묵이 흐른 후.

철컹!

갑자기 바닥에서 가느다란 쇠창이 튀어 올랐다. 평범한 함정이었는데, 그 위력은 결코 평범하지 않았다. 튀어나오는 속도가 너무나 빨랐던 것이다. 튀어나왔던 쇠창이 다시 안으로 흔적도 없이 사라졌다.

"휴우."

심가휘가 한숨을 내쉬었다. 시간 차를 두고 공격하는 기관이었다. 만약 명진이 발견하지 않았다면 그곳을 걸어가던 천도단 무인들이나 자신은 절대 피하지 못했을 것이다.

"어떻게 아셨죠?"

심가휘의 물음에 명진이 자신만만한 눈빛으로 대답했다.

"기관에도 살기란 것이 있단다."

"아! 놀라워요."

사물에서 살기를 느낀다는 것은 그녀로서는 그야말로 꿈의 경지였다.

뒤따르던 적호 역시 기관의 존재를 알고 있었다. 기관진식에 있어서는 명진보다 한 수 위인 적호였다. 자신의 기감에 의해 기관을 발견한 명진에 비해 적호는 십이귀병 훈련을 통해 전문적인 교육을 받았다.

그래서 적호는 잘 안다. 고수일수록 기관진식을 우습게 보지만, 정말 무서운 기관진식에 걸리면 고수고 뭐고 뼈도 못 추린다는 것을.

만약 이곳이 진짜 검신 독야행의 무덤이든, 자신의 짐작대로 함정이든, 이보다 훨씬 더 무서운 기관들이 기다리고 있을 것이다.

그렇기에 적호는 최대한 조심했다. 굳이 자신을 억지로 끌고 온 그들을 지켜줄 마음은 없었다. 스스로를 지키는 데 집중했다.

그렇게 얼마간 전진했을 때였다.

"조심해!"

명진의 경고성이 터져 나오는 동시에 '핑' 하는 바람 소리가 들렸다.

"크악!"

앞장서 걷던 천도단의 무인 하나가 그대로 쓰러졌다.

옆에서 갑자기 튀어나온 암기가 그의 목을 꿰뚫고 지나간 것이다.

"모두 꼼짝 마!"

명진의 외침에 무인들이 석상처럼 제자리에 멈춰 섰다.

명진이 그들 사이로 훌쩍 몸을 날려 사내가 쓰러진 곳으로 뛰어들었다.

핑핑핑핑핑!

양쪽 벽에서 암기가 연이어 날아들었다.

명진이 장삼을 펄럭이며 빠르게 양손을 휘저었다.

파파파팍!

소맷자락 끝에서 돌풍이 불었다. 날아들던 암기가 사방으로 튕겨 나갔다.

꽝! 꽝! 꽝!

암기를 튕겨낸 명진이 좌우 벽을 향해 주먹을 연이어 내질렀다.

벽에 큰 구멍들이 나며 벽에 있던 기관이 부서졌다. 그러자 더 이상 암기는 날아들지 않았다.

명진이 쓰러진 수하를 보며 인상을 썼다.

"빌어먹을!"

살기를 감지했지만 이번에는 한발 늦은 것이다. 앞서 명진이 대수롭지 않게 심가휘에게 자랑처럼 말했지만 그건 자만에 가까운 것이었다. 제아무리 고수라도 기관의 살기를 미리 감지하는 것은 결코 쉬운 일이 아니었다.

"시체는 일단 이곳에 두고 계속 전진한다."

다시 일행들이 앞으로 걸어나갔다.

희생자가 나자 이제는 명진이 앞장섰다. 그는 분명 재수없는 인물이었지만, 적어도 수하들을 죽음으로 앞세우는 치사한 사람은 아니었다.

 십여 장을 걸어가자 또 다른 기관이 발동했다. 이번에는 천장에서 쇠침이 쏟아져 내렸다.

 창! 차앙! 창!

 명진이 검을 휘둘러 암기를 튕겨냈다. 사방에서 쏟아져 내리는 암기에는 시퍼런 독이 발려 있었기에 보는 것만으로도 간담이 서늘해졌다.

 심가휘가 놀란 가슴을 진정시키며 말했다.

 "만약 사영이가 여기에 들어왔다면, 이곳을 무사히 지나갔다는 말이군요."

 명진이 고개를 끄덕였다.

 "단 무사의 실력이라면 충분하지."

 단호풍의 실력은 명진도 인정했다. 자신에 비해 고작 한두 수 아래인 그였다. 이 정도 기관은 충분히 뚫고 들어갔을 것이다.

 "어쩌면 사영이는 이곳에 들어오지 않았을지도 몰라요."

 "왜 그런 생각을 하느냐?"

 "우리가 도착하기 전 이곳은 깨끗했잖아요. 만약 앞서 두 사람이 지나갔다면 이곳 바닥은 암기들로 가득했을 거예요."

 명진이 동감한다며 고개를 끄덕였다. 심가휘가 이번에는 적호를 돌아보며 물었다.

"당신 생각은 어때요?"

적호가 같은 생각이라며 어깨를 으쓱했다.

하지만 적호는 마음속으로 한 가지 가능성을 더 떠올리고 있었다.

'누군가 흔적을 지웠을 수도 있지.'

갈수록 기관은 위험해졌지만 명진은 침착하게 암기를 튕겨 냈다.

그리고 그들이 석굴의 가장 가장자리에 도착했을 그때였다.

앞장서 걷던 명진이 제자리에 멈춰 섰다.

"아악!"

심가휘가 짤막한 비명을 내질렀다.

석실 문 옆에 사내 하나가 쓰러져 있었다.

"설마? 사영아!"

놀란 심가휘가 자신도 모르게 앞으로 달려갔다.

"안 돼!"

명진이 소리치며 몸을 날렸다.

쉬잉! 쉥! 쉥쉥쉥!

왼쪽 벽에서 암기가 튀어나왔다. 다행히 늦지 않게 달려간 명진이 암기를 튕겨냈다. 앞서 한 번 지나쳐 왔던 기관과 같은 기관이었기에 방비가 한결 쉬웠던 것이다.

따아앙! 땅땅땅!

바로 그때였다.

셍셍셍!

뒤쪽 벽에서 또 다른 암기가 폭사했다. 그쪽은 명진과 심가휘의 뒤쪽이었다. 명진이 벼락처럼 몸을 돌렸다. 뒤에 서 있던 심가휘의 뒤쪽 벽에서 암기가 날아들고 있었다.

"안 돼!"

명진이 최대한 빠르게 몸을 날렸다.

하지만 이미 암기는 심가휘에게 날아들고 있었다. 앞서처럼 한쪽 벽에서만 암기가 쏟아져 나오는 구조라 생각한 것이다. 하지만 이번은 달랐다. 이번에는 등 뒤에서도 암기가 날아오도록 설계되어 있었던 것이다.

사람의 심리를 이용한, 허를 찌르는 기관진식이었다. 방금 전 명진이 막은 공격이 허초였고, 실초는 심가휘에게 날아드는 바로 그 공격이었다.

따아앙! 땅땅땅!

심가휘의 몸에 박히려던 암기가 튕겨 나왔다.

어느새 그녀 앞을 적호가 막아서 있었다. 구할 수 있는 거리에 서 있었기에 그냥 그녀가 죽게 놔둘 수는 없었다. 정말 아슬아슬한 차이였다.

명진이 달려와 심가휘를 살폈다.

"괜찮으냐?"

"네."

창백한 안색으로 심가휘가 한숨을 내쉬었다.

명진이 적호에게 다가왔다.
"고맙네."
명진이 진심으로 감사를 전했다. 정말이지 심가휘가 죽었다면 자신의 인생도 그 순간에 끝장났을 것이다.
"별말씀을."
적호에 대한 적대감이 상당히 사라지는 순간이었다.
"고마워요."
심가휘도 적호에게 진심으로 감사를 전했다.
"인사는 됐소. 어서 시체부터 살핍시다."
적호가 바닥에 쓰러져 있는 시체로 다가갔다. 시체를 바로 눕히자 심가휘가 경악성을 내뱉었다.
"아악!"
그는 바로 동생의 호위무사인 단호풍이었다.
명진과 심가휘가 충격에 빠진 그때였다.
드르릉.
그들이 서 있던 정면의 석벽이 자동으로 열렸다.
천천히 방 안의 광경이 펼쳐졌다.
그렇잖아도 충격을 받은 심가휘가 두 눈을 찢어질 듯 부릅떴다. 비명을 지르려고 했는데, 너무 놀라 소리가 나오지 않았다.
적호와 명진도 충격을 받아서 제자리에 멍하게 서 있었다.

도천풍운 111

석실 안 저 멀리 계단에 앉은 채 심사영이 죽어 있었다.

지금 이 순간, 적호는 아무에게도 들리지 않는 천둥소리를 듣고 있었다. 그것은 엄청난 폭풍이 밀려들고 있다는 전조였다.

第六十四章
반격개시

절대
강호

휘각 작전실에 정적이 흐르고 있었다.

심사영의 죽음으로 도천은 발칵 뒤집어졌다.

신군맹의 모든 조직들이 긴장했다. 도천은 신군맹의 가장 큰 세 세력 중 하나였다. 이번 일은 보통 사안이 아니었다. 백무성과 주화인의 싸움으로 여러 사건들이 있었지만, 그들이 죽지는 않았었다.

하지만 이번에는 도천의 후계자가 목숨을 잃었다. 그의 죽음이 어떤 결과를 불러올지는 아무도 짐작조차 할 수 없었다.

"모든 귀병들을 귀환시켰고, 진행 중인 작전은 모두 단기 작전으로 전환했습니다."

홍사백의 보고에 엄백양이 고개를 끄덕였다.

모두들 긴장한 채 모여 앉았다. 구양서 역시 집무실을 나와 휘각원들과 함께했다.

"진행 중인 작전이 끝나면 모두 대기시킬 겁니다."

언제든지 귀병을 동원할 수 있는 체제로 바꾸고 있었다.

벽에 걸린 지도에는 열두 가지 색의 깃발이 꽂혀 있었는데, 하나둘씩 신군맹 본단 근처로 다가오고 있었다.

"현재 도천 쪽은 어떤가?"

엄백양의 물음에 임영달이 대답했다.

"말도 마십시오. 그 앞을 지나다 기침이라도 했다간 목이 달아날 분위기입니다."

"시체가 발견된 석굴은?"

"도천에 의해 완전 봉쇄된 채, 그쪽 무인들이 자체 조사를 하고 있습니다."

이번에는 구양서가 물었다.

"적호는?"

"아직도 도천 쪽 무인들과 함께 하고 있습니다."

구양서는 그저 고개를 한 번 끄덕였을 뿐이다. 표정에 감정을 드러내지 않았기에 그가 무슨 생각을 하는지는 알 수 없었다.

"적호를 아예 그들의 사병처럼 쓰고 있습니다."

"사안이 사안인만큼 이해해야겠지."

"그야 그렇습니다만."

엄백양도 더 이상 불평하지 않았다. 이번 일이 얼마나 큰일인지는 장난치기 좋아하는 저 휘각원들이 입도 뻥긋하지 않는 것만 봐도 잘 알 수 있는 일이었다.

철컹, 성—!

그때 또 다른 명령서가 도착했다.

"이번에는 뭔가?"

제갈수연이 심각한 표정으로 빠르게 보고했다.

"그들이 석실에서 단서를 찾아냈답니다."

*   *   *

다섯 시진 후, 한 장원으로 천도단 무인들이 난입했다.

그들이 새까맣게 장원을 덮었다. 일차로 난입한 숫자만 일백 명이 넘었고, 그만한 숫자가 다시 장원 주위를 철통처럼 에워쌌다. 정말 개미 한 마리 빠져나갈 수 없는 포위망이었다.

"침입자다! 막아라!"

장원의 건물에서 무인들이 쏟아져 나왔다.

서로 간의 어떤 대화도 없이 곧장 싸움이 벌어졌다.

창창창창창!

첫 공방이 시작되고 채 다섯을 세기도 전에 비명 소리가 터져 나왔다. 먼저 쓰러진 쪽은 장원의 무인들이었다.

장원에 있던 무인들의 실력은 절대 만만하지 않았다. 하지만 그들은 절대적으로 수적 열세였다. 장원 무인 하나에 도천 무인 셋이 달려들었다. 비슷한 실력이었으니 결과는 하나였다.

연이어 장원 무인들이 비명을 내지르며 쓰러졌다.

짜직!

창문을 부수며 도천 무인들이 건물 안으로 난입해 들어갔다.

그곳으로 한발 늦게 심가휘와 명진이 들어섰다. 그 뒤로 다시 적호가 따랐다.

심가휘는 적호를 끝까지 요청했다. 앞서 석굴을 찾는 데 큰 역할을 한데다 자신의 목숨까지 구해주었다. 심가휘로서는 적호와 함께 하려는 마음이 당연했다.

장내를 둘러보는 심가휘와 명진의 눈빛은 차갑게 가라앉아 있었다.

은밀히 석굴을 감시하던 무인을 발견한 것은 그야말로 운이 좋았다. 그의 뒤를 쫓아 이곳 장원의 행방을 알아낸 것이다.

"크아아악!"

사방에서 비명 소리가 터져 나오고 있었다. 무시무시한 학살이 계속되었지만 장원 무인들은 그 누구 하나 항복하는 이가 없었다.

대충 상황이 정리되자 명진이 내력을 실어 우렁차게 말했다.
"몇 놈은 살려 데려와라!"
명령이 떨어지고 정확히 일각 후 그곳은 완전 정리되었다.
명령대로 십여 명의 사내가 혈도를 제압당한 채 끌려왔다.
명진이 그들 중 한 명을 일으켜 세웠다.
사내가 독기 서린 눈빛으로 명진을 노려보았다.
빠각!
일언반구도 없이 명진이 손바닥으로 사내의 이마를 강타했다.
머리통이 깨지며 사내가 그대로 즉사했다.
명진이 말없이 다음 사내를 일으켜 세웠다.
이번 사내 역시 독기 가득한 눈빛으로 명진을 노려보았다.
빠각!
역시 한마디 말도 묻지 않고 명진이 사내에게 일장을 날렸다. 사내의 머리통이 부서지며 그대로 절명해서 쓰러졌다.
명진이 다음 사내를 일으켜 세웠다.
대부분의 장원 사내들이 이처럼 지독했지만 모두가 그런 것은 아니었다.
이번에 일어난 사내는 눈동자가 떨리고 있었다. 그는 죽음을 두려워하고 있었다. 그에게서 공포를 읽은 명진이 그제야 나직이 입을 열었다.
"너희는 누구냐?"

사내가 잠시 망설였다.

"대답하면 네 목숨만은 살려주겠다."

그 말에 사내가 흔들렸다.

다음 순간, 명진이 연이어 쌍장을 내질렀다.

파파파파팡!

그 잔혹한 공격의 대상은 뒤에 대기하던 나머지 사내들이었다. 처절한 비명들을 내지르며 그들이 모두 즉사했다.

사내가 눈을 질끈 감았다.

명진이 그에게 말했다.

"이제 전혀 눈치 볼 필요가 없다. 묻는 말에 대답하고 새 삶을 살아라! 네 목숨은 보장하마!"

그 모습에 적호가 내심 놀랐다. 이렇게 단호한 결정을 내리는 것은 보통 사람이 쉽게 할 수 없는 결정이었다. 만약 지금 이자가 자결이라도 한다면, 모든 인질을 잃게 되는 것이다. 그럼에도 명진은 단호히 행동했다.

"너희는 누구냐?"

그리고 그의 모험은 결실을 거뒀다.

"저희는 흑연사(黑煙砂)입니다."

흑연사란 말에 명진이 고개를 갸웃했다. 처음 듣는 조직이었던 것이다.

하지만 그에 비해 적호는 흑연사에 대해 알았다.

심가휘가 적호를 돌아보며 물었다.

"아는 이름인가요?"

적호가 고개를 끄덕였다. 흑연사는 강호의 청부 조직으로 악명 높은 집단이었다. 청부받은 일은 반드시 수행하는 것으로 유명했다.

"일종의 청부 조직이오."

그 대답으로 충분하다는 표정으로 명진이 다시 사내에게 고개를 돌렸다.

"너희 임무가 무엇이냐?"

"그건……."

망설임은 잠시였다. 어차피 내친걸음이란 표정으로 사내가 말했다.

"가짜 장보도와 석굴을 제작한 게 우리요."

명진의 눈에 순간 살기가 스쳤지만 애써 살기를 억누르며 다시 물었다.

"이번 일을 누가 청부한 거지?"

"그건 나도 모르오."

명진이 그의 두 눈을 응시했다. 거짓말을 하지 않는다고 확신하자 명진의 눈가에 살기가 스쳤다.

죽음을 예감한 사내가 소리쳤다.

"살려준다고 하지 않았소!"

쫘직!

명진의 일격에 사내가 그대로 꼬꾸라졌다.

명진이 무정한 눈빛으로 사내의 시체를 내려다보았다.

"약속은! 벌레 같은 놈이!"

상대 조직을 알아낸 이상, 사내의 이용 가치는 다한 것이다.

적호가 살짝 인상을 찌푸렸다. 상대가 누구냐를 떠나, 이런 방식은 적호가 선호하는 방식이 아니었다. 그렇지만 적호는 그런 불편함을 내색하지 않았다. 어차피 이번 일에 자신이 나설 자리는 없었다.

심가휘는 코를 진동하는 혈향을 잘 버티고 있었다. 동생의 죽음으로 그녀는 마음을 독하게 먹으려 애쓰고 있었다. 이제 도천의 유일한 핏줄은 자신이었다.

그녀가 적호에게 물었다.

"흑연사가 청부 조직이라고 하셨죠?"

"그렇소."

"그럼 살수들인가요?"

"엄밀히 말하자면 살수 조직은 아니오. 사람을 구하는 일도 청부받으니까. 그들은 돈이 되는 일이라면 뭐든 하는 자들이오."

"대충 알겠군요."

고개를 끄덕이는 심가휘 뒤쪽에서 명진이 싸늘히 말했다.

"한마디로 쓰레기들이군."

심가휘가 심각한 표정으로 말했다.

"그런 놈들치곤 실력이 좋군요."

"흥!"

 명진이 코웃음을 쳤지만 부정할 수 없는 말이었다. 실력도 실력이지만, 죽음을 두려워하지 않는 독기는 일개 청부 조직이라 보기에는 대단한 것이었다.

 그때 안에서 수하 하나가 뛰어나왔다.

 "비밀 장소에 숨어 있는 놈을 생포했습니다."

 그 뒤로 노인 하나가 끌려 나왔다. 잘 차려입은 옷차림으로 볼 때, 그가 꽤 높은 자리를 차지하고 있다는 것을 알 수 있었다.

 명진이 끌려온 노인을 뚫어지게 노려보았다.

 "수하들이 다 죽는데도 숨어 있었다는 말은 겁쟁이거나."

 명진이 성큼성큼 다가가 다짜고짜 노인의 팔을 비틀었다.

 우두두둑!

 "크아아악!"

 노인의 입에서 끔찍한 비명이 터져 나왔다. 부러진 한쪽 팔이 너덜거리며 축 늘어졌다.

 명진의 눈이 가늘어지며 예리한 빛을 발했다.

 "겁쟁이가 아니라면 죽어선 안 될 이유가 있는 것이겠지."

 적어도 노인은 겁쟁이처럼 보이진 않았다.

 명진이 차갑게 물었다.

 "하나만 묻겠다. 이번 일의 배후가 누구지?"

 여전히 노인은 대답이 없었다.

"묻는 말에 순순히 대답하면 고통없이 죽여주겠다."

그러자 노인이 버럭 소리쳤다.

"이 덜떨어진 자라새끼야! 주둥이 그만 나불대고 죽여라! 흥! 얼마나 고통스럽게 죽일 수 있을지 기대되는군."

노인이 대단한 기백을 발휘했다.

그때 수하들이 몇 권의 책자를 가져왔다.

"그가 숨어 있던 밀실에서 발견된 것들입니다."

순간 노인이 흠칫 놀랐지만 이내 아무것도 아니란 듯 시선을 돌려 버렸다.

책자를 넘겨보던 명진의 눈빛이 반짝였다.

"청부자의 뒷조사를 해서 진짜 청부자가 누군지 알아냈군. 이 야비한 놈들이 그것을 장부로 만들어뒀어. 이게 너희가 살아남은 방식인가?"

명진이 책자를 빠르게 넘겼다. 마지막 장이 찢겨져 있었다.

"마지막 장을 어쨌는지 말해!"

노인의 꽉 다문 입은 열리지 않았다.

"놈의 품을 뒤져라."

명진의 명령에 수하들이 달려들어 노인의 품을 뒤졌다.

"흥! 백날 뒤져 봐라!"

과연 아무리 뒤져도 그에게서 마지막 장은 나오지 않았다.

"주위에 찢어서 버린 흔적도, 태운 흔적도 없었습니다."

수하의 보고에 명진이 싸늘히 말했다.

"그럼 답은 하나군. 놈은 그것을 삼켰어."

그 말에 노인이 흠칫 놀랐다. 그건 분명 비밀을 들켜 버린 당혹감이었다.

명진이 검을 뽑아 들며 다가섰다.

"긴장하고 있군. 네 심장이 빨리 뛰는 것이 느껴져."

먹이를 앞에 둔 맹수처럼 명진의 눈빛이 번뜩였다.

명진의 검이 노인의 가슴으로 향했다. 명치부터 배까지 그대로 갈라 버리려는 것이다.

바로 그때였다.

"잠깐."

명진을 제지하며 적호가 나섰다.

"그는 종이를 삼키지 않았소."

"뭣이?"

명진이 깜짝 놀랐다.

"어떻게 그걸 알지?"

"그는 일부러 죽으려고 삼킨 것처럼 행동하고 있는 것이오."

처음부터 지금까지 유심히 노인을 관찰한 적호였다. 분명 심계가 깊은 노인이었다. 진짜 삼켰다면 저렇게 쉽게 들통나게 행동하지 않았을 것이란 확신이 든 것이다.

노인이 버럭 소리쳤다.

"개소리! 넌 어디서 온 머저리기에 그딴 소릴 나불대는 것이냐!"

노인의 격한 반응이 오히려 그를 수상하게 만들었다.

"내가 찾아보겠소."

적호가 노인에게 다가왔다.

적호가 풀어헤쳐진 노인의 옷자락을 젖혔다. 옆구리의 상처가 모습을 드러냈다. 손가락 길이의 상처를 급하게 꿰맨 흔적이었다.

파앗!

적호의 검이 그곳을 스쳤다.

툭!

그곳에서 무엇인가 튀어나왔다. 그것은 새끼손가락 절반도 안 되는 크기의 작은 대나무 통이었다.

"안 돼!"

노인의 표정은 참혹하게 일그러져 있었다.

배를 갈러서 죽으면 그것이 발견되지 않을 것이라 생각했겠지만, 그건 노인의 오산이었다. 노인의 시체는 철저히 검시될 테고, 검시자가 저런 상처를 놓칠 리가 없었다. 어차피 밝혀질 일, 일단 노인의 생명을 구하고 본 것이다.

명진이 다가가 대나무 통을 주워 들었다.

통을 열자 그 안에 돌돌 말린 종이가 한 장 나왔다. 장부의 마지막 장이었다.

"안 돼!"

노인의 외침이 그 안에 담긴 정보의 중요성을 말해주고 있었다.

심가휘가 그 옆으로 나란히 서서 내용을 확인했다. 정말 그곳에 이번 청부의 의뢰자가 적혀 있었다.

이름을 확인하는 순간, 두 사람은 얼이 빠진 듯 아무 말도 하지 못했다.

적호가 심가휘의 어깨 너머로 낯익은 이름 석 자를 똑똑히 보았다.

주화인.

*   *   *

같은 시각, 신군맹의 밀실에 최고위층들이 모여 있었다.

그들은 심각한 표정으로 도천주 심대환의 눈치를 보고 있었다. 자식을 잃은 그는 폭발 직전의 활화산과 같았다. 공연히 그를 자극해서 불벼락을 맞으려는 사람은 아무도 없었다. 아니, 한 사람 있었다. 뜻밖에도 그는 검천주 신패극이었다.

"유감이네. 무슨 말로 위로를 해야 할지 모르겠군."

신패극이 진심을 담아 그를 위로했다.

아무리 사이가 나빴지만, 자식을 잃은 그를 조롱하고 비웃을 생각은 전혀 없었다.

"이번 일의 배후를 반드시 잡아낼 것이네."

신패극의 위로에 심대환이 묵묵히 고개를 끄덕였다.

그제야 눈치를 보던 장로들이 다가가 한마디씩 위로의 말을 던졌다. 자식을 죽인 것은 분명 공분을 살 일이었다.

그곳으로 백무성이 들어왔다.

"왔는가?"

신패극이 반갑게 백무성을 맞이했다.

백무성이 공손히 그에게 인사했다. 백무성은 내심 그를 비웃었다. 일전에 주화인의 암살자가 자신의 이름을 말했을 때의 그의 표정이 잊혀지지 않았다. 이후 한 번도 자신을 부르지 않았던 그였다.

한데 그 고비를 넘기자 언제 그런 일이 있었냐는 듯 친근하게 자신을 대하고 있었다. 그게 바로 신패극이 세상을 살아가는 방식이었다. 물론 백무성은 드러내서 그것을 탓할 생각은 전혀 없었다. 그가 이런 한계를 보여주면 줄수록 그를 다루기는 더욱 쉬워질 테니까.

장로들이 이번에는 백무성에게 한마디씩 건넸다.

"진실이 밝혀져서 다행이네."

"우린 애초에 사악련 놈들 짓인 줄 알고 있었다네."

"그간 고생했네."

하지만 그들 누구도 진심으로 그 일의 배후가 사악련이라고 믿는 사람은 없었다. 백무성이 어떤 수완을 발휘해 위기를 넘긴 것이라 생각했다.

"걱정해 주신 덕분에 이젠 괜찮습니다."

일일이 그들에게 포권을 해준 후, 백무성이 심대환에게 다가가서 공손히 말했다.

"상심이 크시겠습니다."

심대환이 말없이 고개를 끄덕였다. 검천과 손을 잡은 백무성이 그에게 좋게 보일 리 없었다.

"사영이는 좋은 곳으로 갔을 겁니다."

"그러리라 믿네."

"배후가 밝혀지면 본 맹은 절대 용서하지 않을 겁니다."

심대환이 묵묵히 고개를 끄덕였다.

이번에는 주화인이 그곳으로 들어섰다.

장로들이 이번에는 주화인을 위로했다.

"무사히 깨어나서 다행이네."

"하늘이 자네를 돕고 있다는 뜻이지."

"조만간 간악한 사악련 놈들을 뿌리 뽑을 날이 올 것이네."

주화인이 미소로 그들의 인사를 받았다.

그야말로 이 눈치 저 눈치 보느라 바쁜 장로들이었다.

하지만 백무성도, 주화인도 그들을 이해했다. 갈대처럼 움직이는 것 같았지만, 또한 그들이 갈대처럼 움직이기에 자신들이 권력 싸움을 할 수 있었다. 결국 저들은 이기는 쪽이 차지할 수 있는 일종의 권리였다. 수족으로 부릴 수는 없지만 신군맹을 운영하기 위해선 반드시 필요한 이들이기도 했다.

"깨어나서 다행이야."

백무성의 말에 주화인이 활짝 웃었다.

"걱정해 주신 덕분이에요."

지난 주화인의 암습 사건 이후 처음 만난 그들이었다.

"정말 걱정 많이 했지."

두 사람이 마주 보며 웃었다. 정말이지 그녀가 깨어나지 못할까 가장 걱정을 많이 한 사람이 바로 백무성이었으니까.

하지만 겉으로 웃고 있지만 주화인의 마음은 차갑게 가라앉아 있었다.

바로 심사영의 죽음 때문이었다.

그가 죽었다는 소식을 듣는 순간, 심장의 떨림이 멈추지 않았다. 불길한 예감이 달라붙어 떨어지질 않았다.

자신이 백무성을 공격했을 때 그러했듯이, 이번 경우 역시 톱니바퀴가 맞물려 돌 듯 일사천리로 진행되고 있었다.

"깊은 조의를 표합니다."

뒤늦게 주화인이 심대환에게 포권했다.

심대환은 말없이 고개를 한 번 끄덕했다. 유독 그녀에게 쌀쌀한 기색이 역력했다. 그 반응이 주화인을 더욱 불안하게 만들었다.

그때 그곳으로 핵심장로 화종이 들어섰다.

"오래들 기다리셨습니다."

그의 표정은 완전히 굳어 있었는데, 그는 분명 평소와는 달리 긴장하고 있었다.

"이번에 가짜 장보도에 얽힌 참사는 그야말로 일어나선 안 될 참혹한 일이었습니다. 우리 장로들은 결코 이번 일을 좌시하지 않을 것입니다."

옳다며 모두들 한목소리를 냈다.

"다행히 도천에서 이번 일에 대해 단서를 찾았소."

화종이 품에서 한 장의 종이를 꺼냈다.

"그 단서를 쫓아 이번 일의 배후를 찾아냈소. 이것이 그들의 수장으로 보이는 자가 몸의 살을 찢고 보관해 왔던 밀서요."

종이에 묻은 피가 섬뜩하게 보였다.

"그들에게 입수한 책자와 비교한 결과 이 밀서에 담긴 내용이 사실이란 결론을 내렸소."

장로들이 목청을 높였다.

"대체 그 씹어 먹어도 시원찮을 놈이 누구요?"

화종이 잠시 대답을 아끼자 장내의 긴장감이 더욱 고조되었다.

그리고 모두를 깜짝 놀라게 할 말이 그의 입에서 흘러나왔다.

"그 청부자가 이 자리에 있소."

순간 장내에 무서운 침묵이 찾아왔다. 장로들의 시선이 자연 주화인과 백무성에게로 향했다. 둘 중 하나가 틀림없었다. 이미 표정에서 알 수 있었다. 여유로운 백무성에 비해, 주화인의 표정은 완전히 굳어 있었다.

화종이 말없이 주화인을 응시했다.

장내에 흐르는 것은 무서운 정적뿐이었다.

모두들 내심 경악했다. 설마했지만 그녀 이름이 나올 줄은 정말 상상도 하지 못했다.

모두들 심대환과 주화인을 번갈아 쳐다보았다.

이미 심대환은 심가휘의 보고로 그녀가 배후란 사실을 알고 있었다. 화종이 그 사실을 확인하는 동안 아무 내색을 하지 않고 있었을 뿐이다. 이제 모든 것이 사실로 밝혀졌다. 핵심장로인 화종이 조사한 것이니 허투루 하진 않았을 것이다. 더구나 그는 대공자나 삼공녀 어디에도 속하지 않은 사람이었다. 공정함만큼은 믿어도 될 사람이었다.

심대환의 몸에서 살기가 흘러나왔다. 너무 강력해 모두들 뒤로 한 발씩 물러날 정도의 살기였다.

그에 비해 주화인은 침착했다.

"해명하겠는가?"

심대환의 물음에 주화인이 담담히 대답했다.

"해명하지 않겠습니다."

심대환의 두 눈이 길게 찢어졌다.

"그 말은 자네가 이번 일을 청부했다는 사실을 인정한다는 뜻인가?"

"아닙니다. 전 이번 일과 관계가 없습니다."

"그러시겠지."

심대환의 입가에 비웃음이 스쳤다.

다시 화종이 나직이 입을 열었다.

"잡혀온 늙은이가 자백을 했소. 백 공자를 죽이기 위해 가짜 장보도를 만들었다고."

심대환이 이를 바득 갈았다. 대공자를 죽이기 위해 그녀가 판 함정에 아들이 억울하게 휘말린 것이다. 아들을 잃은 슬픔과 분노는 그의 이성을 마비시켰다.

"이래도 시치미를 뗄 텐가!"

그의 목소리가 쩌렁쩌렁 울려 퍼졌다. 그 증오에 찬 심대환의 눈빛을 담담히 받아내며 주화인이 말했다.

"천주께선 지금 제가 범인이라고 확신하고 계시는군요."

"사실이 그러하니까!"

"만약 제가 꾸민 일이라면… 그 영감을 살려두진 않았을 겁니다."

"듣기 싫다!"

쇄애애애애액!

심대환의 도가 벼락처럼 뽑혀 나왔다. 그야말로 기습적인 출수였기에 옆에 서 있던 화종조차 말릴 수 없었다.

쫘아아앙!

주화인이 서 있던 뒤쪽 벽이 심대환이 날린 도강에 흔적도 없이 날아갔다.

심대환은 차마 주화인을 베지 못했다. 그녀가 단호히 부인하고 있었기에 더욱 확실한 증거를 찾아야 했다. 그래서 진실이 밝혀진다 해도 그녀를 벌하는 것은 다른 방식이 되어야 했다.

강기가 몸통을 스치고 지나갔지만 주화인은 조금도 동요하지 않은 채 제자리를 지키고 있었다.

심대환의 눈이 이글이글 타올랐다.

"…내 손에 곱게 죽지 못할 것이오."

주화인이 말없이 돌아섰다. 돌아서기 직전, 그녀는 백무성과 시선이 마주쳤다.

담담한 백무성의 눈빛에는 당한 것을 그대로 돌려주는 자의 통쾌함이 서려 있었다.

'역시 사형의 작품이군요.'

백무성의 반격이 시작된 것이다. 아무리 자신이 아니라고 발버둥 쳐도 도천주는 믿어주지 않을 것이다. 그는 누군가에게 책임을 물어야 했으니까. 누군가는 반드시 대가를 치러야 할 것이다.

주화인이 말없이 그곳을 걸어나왔다.

건물 밖에서 이단심이 기다리고 있었다.

주화인의 굳은 표정은 불길한 예감이 현실이 되었음을 말해주고 있었다.

"우리가 이번 일을 뒤집어썼다."

주화인의 말에 이단심의 표정이 확 굳어졌다.

일전의 수로 백무성의 숨통을 끊어놓지 못한 것이 화근이었다. 상처 입은 맹수는 더욱 사나운 법이니까.

"이제 어쩌죠?"

"노란 주머니를 열어 비책을 꺼내야지."

"그게 또 있습니까?"

농담인 줄 알면서도 답답한 마음에 이단심이 물었다.

주화인이 쓴웃음을 지었다.

"아니, 하지만 막다른 길에 몰리니 생각나는 사람은 있군."

이단심은 그것이 적호란 것을 알아차렸다.

"아가씨께선 그를 죽이려 하지 않았습니까?"

"그랬지."

"또한 그 사실을 그가 알지 않습니까?"

"그렇지."

"그런데 그가 우릴 도와주겠습니까?"

주화인이 하늘을 올려다보았다. 그녀의 눈빛에 맑은 하늘과는 어울리지 않는 쓸쓸함이 스쳤다.

"하지만 빌어먹게도 우리에겐 그를 움직일 비장의 한 수가 있지 않느냐?"

*   *   *

"다녀오셨습니까?"

오후 늦게 제십육지부로 들어서는 적호를 상관월이 웃으며 반겼다.

"별일 없지?"

"그럼요."

"이번에는 멀리 다녀오신 것 같습니다."

"그렇게 되었군."

모든 것이 밝혀지고 나서야 적호는 도천의 일에서 벗어날 수 있었다. 심가휘는 적호에게 호의와 관심이 생겼지만 돌아가는 상황은 그것을 표현할 상황이 아니었다. 덕분에 적호는 귀찮은 그녀를 떠나 제십육지부로 복귀할 수 있었다.

나란히 집무실을 향해 걸어가던 적호가 힐끗 상관월을 쳐다보았다.

어딘지 모르게 평소와는 달리 상관월의 표정이 어두워 보였다. 하지만 먼저 내색을 하지 않았기에 굳이 묻지 않았다.

두 사람이 집무실로 들어섰다.

적호의 책상 위에는 그간 미처 처리하지 못한 서류들이 한 가득 쌓여 있었다. 그래 봤자 상관월이 다 정리해 둔 서류에 직인을 찍는 일이었고, 이곳 자체를 휘각에서 비밀리에 관리했기에 늦어도 상관없는 일들이기도 했다.
"나중에 처리하지."
"네, 일단 쉬십시오."
하지만 적호가 자리에 앉기가 무섭게 곧바로 문이 열렸다.
문밖에 선 채로 상관월이 걱정스럽게 말했다.
"사실 문제가 생겼습니다."
"무슨 문제인가?"
"혹시 이도문(二刀門)이라고 들어보셨습니까?"
"이도문?"
금시초문이었기에 적호가 고개를 저었다.
"그러실 줄 알았습니다. 이도문은 인근에서 제법 위세를 떨치고 있는 문파입니다. 길고 짧은 두 자루의 도를 사용하는데, 문도 수가 이백에 육박한다고 알려져 있습니다."
"그런데?"
"그쪽 문주가 지부장님을 뵙고 싶어합니다. 요 며칠 매일같이 찾아왔습니다. 아마 오늘도 올 겁니다."
"날 보자는 이유는?"
"직접 뵙고 말씀드리겠답니다."
적호가 의아한 표정으로 물었다.
"이게 왜 문제인가?"
상관월이 한숨을 내쉬었다.
"그들의 평판이 좋지 않습니다. 그리고……."

상관월이 잠시 망설이다가 이내 말을 이었다.

"전임 지부장께서도 그들과 연을 맺고 있었습니다."

그제야 적호가 모든 상황을 이해했다. 느낌상 전임 지부장은 이도문과 불법적인 관계를 맺고 있었던 모양이다.

"알겠네. 그들이 찾아오면 이곳으로 불러주게."

"괜찮으시겠습니까?"

적호가 여유롭게 웃으며 고개를 끄덕였다.

그럼에도 상관월은 여전히 불안한 마음이었다. 자신이 경험한 이도문주는 정말 잔인하고 악랄한 사람이었다. 그랬기에 전임 지부장도 그에게 내내 휘둘리고 끌려 다녔다.

이곳이 신군맹의 타격대였다면 감히 이도문 따위가 엉겨 붙진 못했을 것이다. 하지만 이곳은 운송단의 한 소지부에 불과했다. 이곳 지부장 따윈 수틀리면 없앨 수 있다는 것이 이도문주의 생각이었다.

상관월은 적호가 그들과 얽히지 않기를 바랐다. 아들을 위해 책을 구해줘서가 아니었다. 적호란 사람 자체가 좋았고, 마음에 들었다. 그가 불행에 빠져들지 않기를 바라는 마음이었다. 하지만 놈들이 집요하게 접촉하려는 이상, 그건 헛된 바람이 될 가능성이 높았다.

상관월이 한숨을 내쉬며 말했다.

"알겠습니다. 그렇게 처리하겠습니다."

그가 물러나자 적호가 의자에 몸을 파묻었다. 이도문이고 삼도문이고 적호의 안중에도 없었다.

드디어 대공자의 반격이 시작되었다.

그는 도천의 후계자를 죽이는 극단적인 방법을 선택한 것이다. 극단적인만큼 효과 또한 대단할 것이다.

상황은 그야말로 한 치 앞도 모르게 흘러가고 있었다.

한순간의 판단 실수가 천추의 한을 남길 것이다. 항상 주위를 살피고 조심해야 한다.

창밖 저 멀리 붉은 노을이 졌다. 너무나 아름다운 광경이었다.

아름다운 것을 보고 있자 딸아이 생각이 났다. 마음속에 서현이의 목소리가 울려 퍼졌다.

"아빠! 빨리 함께 살았으면 좋겠어요!"

적호의 입가에 절로 미소가 지어졌다.

적호가 허공으로 손을 내밀었다. 마치 눈앞에 딸아이가 있는 듯 느껴졌다.

그 조막만 한 손을 잡아주고 싶었다. 귀여운 양 볼을 다정스럽게 쓰다듬어 주고 싶었다. 목마를 태워 저 아름다운 것을 함께 보고 싶었다.

그 기분 좋은 상상도 잠시, 문이 벌컥 열렸다.

"하하하! 이제야 보는구려!"

생각지 못한 방해에 적호의 눈가가 꿈틀했지만 이내 평온한 표정으로 의자를 돌렸다.

들어오라 소리도 안 했는데 중년 사내 하나가 마음대로 들어서고 있었다. 그 뒤로 두 명의 사내가 따랐다.

사내가 적호의 책상 건너편에 의자를 당겨 앉으며 스스로를 소개했다.

"본인은 이도문주 탕백(湯栢)이오."

가려 뽑아왔는지 뒤에 선 사내들의 기도는 제법이었고, 인상도 험악했다.

적호가 자리에 앉아 말없이 그를 쳐다보았다. 그런 적호의 태도를 탕백은 주눅이 든 것으로 오해했다.

"후후후, 긴장하실 것 없소이다."

열린 문밖으로 상관월이 난처한 표정으로 서 있었다. 아마도 이들은 그의 제지를 무시하고 들이닥쳤을 것이다.

적호가 괜찮다는 표정으로 고개를 끄덕였다. 상관월이 한숨을 내쉬며 조용히 문을 닫았다.

"이도문주시라고?"

"그렇소."

적호는 탕백의 얼굴에서 지나온 삶을 엿보았다. 강요와 협박, 그리고 폭력. 강자와 타협하고 약자를 밟고 올라선 그 저속하고 비열한 삶이 느껴졌다.

"무슨 일로 찾아오셨소?"

탕백이 예상한 태도가 아니었다. 자신에 대해서 당연히 들었을 것이고, 뒤에 선 수하들은 사람을 겁주기엔 최고의 인상들이었으니까.

'겁먹은 게 아니라 제법 강단이 있으시다?'

그럼에도 탕백은 여유로웠다. 신군맹의 소지부장 정도를 구워삶는 일은 자신의 인생역정에서 문젯거리 축에도 들지 않았다.

"너흰 나가 있어!"

"네!"

두 무인이 절도있게 대답한 후 방을 나섰다.

"강호에서 버려진 애들을 하나둘씩 거두다 보니 본 문의 아이들이 이백이 넘었소. 하나같이 거칠게 살아온 애들이지요. 내 명령이라면 지옥불이라도 뛰어들 아이들이오."

노골적인 협박을 늘어놓던 탕백이 넌지시 말했다.

"남자 대 남자로 단도직입적으로 말씀드리겠소. 돈 좀 벌어보실 생각 없으시오?"

적호는 아무 대답도 하지 않았다.

"달에 얼마나 받으시오? 열한 냥 맞소?"

"열두 냥이오."

"후후, 그나마 한 냥 올랐군."

탕백이 가소로운 웃음을 지으며 말했다.

"달에 오십 냥 챙겨 드리겠소."

달에 오십이면, 일 년이면 육백이었다. 신군맹 대주 급이 버는 돈보다 많았으니 보통 사람이라면 혹할 만한 액수였다.

"달에 오십 냥이라. 왜 내게 그런 큰돈을 준단 말이오?"

"작은 부탁 하나만 들어주시면 되오."

"원하시는 것이 무엇이오?"

"별것 아니오. 창고 구석에 묵혀둔 것들을 잠시 빌려주시면 되오."

"무슨 말인지 모르겠소."

"이곳 지부의 말과 마차들을 우리가 좀 쓰겠다는 것이오. 어차피 말똥과 먼지만 쌓이고 있지 않소?"

적호가 피식 웃었다. 아마도 전임 지부장은 이자와 결탁해서 십육지부의 말과 마차들을 무단으로 빌려줬던 모양이었다. 이곳 십육지부는 계륵 같은 곳이어서 물자나 인력의 이동이 거의 없는 곳이었다. 그래서 이런 부정 거래가 가능한 것이다.

"오십 냥이라… 너무 적은데."

적호의 말에 탕백이 씩 웃었다. 이야기가 쉽게 풀리겠다 싶었다.

"그럼 얼마를 원하시오?"

"달에 오천 냥!"

순간 탕백이 인상을 굳혔다가 이내 껄껄 웃었다.

"하하하, 무슨 그런 농담을!"

적호는 웃지 않았다. 탕백의 인상이 천천히 굳어졌다.

"당신, 농담이 아니군."

적호가 고개를 끄덕였다.

"오천 냥 주면 당신이 원하는 것 들어주겠소."

"아직 세상 물정을 잘 모르는 분이시구려."

적호가 피식 웃었다. 어쩌면 그의 말이 옳을지도 모르겠다. 지금까지 배운 것이라곤 악귀 같은 놈들을 상대하는 법이었으니까. 상대가 거짓말을 하는지 진실을 말하는지 파악해 내는 법이라든지, 어떤 무공을 쓰며 암기를 어디에 숨겼는지 한눈에 알아차리는 방법이나, 해약이 없을 때 독을 해독하는 방법 따위. 그런 것들도 세상 물정에 포함되는 것일까?

"그런 소리 한 번씩 듣소."

"오래전에 꼴에 지가 신군맹의 지부장이라고, 모가지에 힘을 잔뜩 주고 다니던 머저리가 하나 있었소. 그가 어떻게 되었는지 아시오?"

그의 협박은 이제 노골적이었다.

"자다가 모가지가 잘렸지. 그 꼿꼿하던 모가지가 그렇게 쉽게 잘려 나갈 줄 누가 짐작이나 했겠소? 끝내 흉수는 잡히지 않았소. 아시잖소? 강호인들이 얼마나 복잡한 은원에 둘러싸여 있는지. 호호호."

신군맹의 지부장을 이렇게 다루는 그를 보니 일반 평범한 사람들은 어떻게 다룰지 보지 않아도 알 수 있었다.

"알겠으니 그만 돌아가시오! 다음에 이야기합시다."

적호의 냉담한 축객령에 탕백의 눈빛이 사나워졌다.
"얘들아!"
그가 큰 소리로 바깥에 있는 수하들을 불렀다.
덜컥. 문이 열리고 누군가 들어오는 기척이 들렸다.
탕백이 돌아보지 않은 채 비릿한 미소로 말했다.
"여기 지부장님께서 한 달에 오천 냥을 달라신다."
그때 뒤에서 감미로운 여인의 목소리가 들려왔다.
"그의 몸값을 생각하면 아주 싸군요."
탕백이 깜짝 놀라 돌아보았다.

뒤에 선 사람은 놀랍게도 주화인이었다. 열린 문밖으로 바닥에 쓰러진 수하들이 보였다. 그 옆에 이단심이 서 있었고, 그 뒤로 놀란 얼굴의 상관월의 모습도 보였다. 하급 무인도 잘 찾지 않는 이곳에 주화인이 직접 찾아왔으니, 상관월은 기절하기 일보 직전이었다.

이단심이 조용히 열려 있던 문을 닫았다.
주화인이 나긋한 목소리로 말했다.
"한 달에 오천 냥이라면… 평생 그를 살 용의가 있죠."
탕백이 어안이 벙벙한 얼굴로 말했다.
"소, 소저는 누, 누구시오?"
잔뜩 긴장한 탕백의 목소리가 떨렸다. 이렇게 아름다운 여인은 맹세코 처음이었다. 정말이지 여인에게 빨려 들어갈 것만 같았다. 이미 그는 적호의 존재를 잊었다.

"위기에 몰린 가녀린 여인이지요."

"내가 돕겠소! 내가 도울 일이 있소?"

탕백은 그야말로 뭔가에 홀린 것 같았다.

"있지요."

"뭐요? 내가 다 들어드리겠소."

다음 순간, 주화인의 눈빛이 차갑게 가라앉았다.

"내가 지금 얼마나 화가 나 있고 절박한지를 증명해 줘야겠어요."

"그게 무슨 소리요?"

쉥!

주화인의 검이 허공을 갈랐다.

서걱, 깔끔하게 몸에서 분리된 탕백의 머리통이 바닥을 굴렀다.

촤아아아악!

그의 몸에서 뿜어져 나온 피가 책상이며 바닥이며 사방으로 뿜어졌다.

그녀에게 핏물이 튀었지만 주화인은 피하지 않았다. 얼굴이며 몸에 핏물을 흠뻑 뒤집어쓴 그녀의 모습은 더없이 섬뜩했다.

적호의 책상 위에도, 옷과 얼굴에도 핏물이 튀었다. 적호 역시 의도적으로 핏물을 피하지 않았다. 적호는 그녀나 자신이나, 어쩌면 이렇게 핏물을 뒤집어쓰고 있는 것이 참모습일지

반격개시 145

도 모른다는 생각이 들었다.
 두 사람은 한참을 그렇게 서로를 응시한 채 아무 말도 하지 않았다.
 이윽고 주화인이 침묵을 깼다.
 "구해줘."
 "어떻게?"
 "나도 몰라."
 방금 전, 탕백이 앉아 있던 자리에 주화인이 앉았다. 엉덩이에도 흥건하게 피가 묻었지만 그녀는 전혀 개의치 않았다.
 "이번에는 세게 물렸어."
 "먼저 문 건 당신이었지."
 "무는 건 원래 여자 특기지. 난 연약한 여자잖아."
 적호가 희미하게 웃었다. 그녀의 뻔뻔스런 말에는 언제나 설득력이 있다. 그건 그녀에 대한 감정이 객관적이지 못하다는 증거이기도 했다.
 "왜 웃지?"
 "연약이란 말이 당신에게 가당키나 하다고 생각해?"
 "나 의외로 약한 면이 있어. 몰랐어? 아는 줄 알았는데?"
 그녀가 약하다고 생각해 본 적은 한 번도 없다. 자신이 아는 그녀는 세상에서 가장 강한 여인이다. 여유로우면서도 지독한, 그래서 더욱 무서운.
 주화인의 얼굴에서 장난기가 사라졌다. 그녀가 진지하게 말했다.

"심사영 건 내가 다 뒤집어썼어."

담담한 적호의 반응에 주화인이 깜짝 놀랐다.

"알고 있었네?"

적호가 솔직히 고개를 끄덕였다. 검천이 백무성과 연합한 이 시점에 도천까지 그녀와 맞선다면 그녀는 완전 궁지에 몰리게 되는 것이다. 도천은 권천과 이어져 있으니, 결국 삼천과 등을 지게 되는 것이다.

더구나 아들의 원수인데 그냥 맞서는 정도로 끝나진 않을 것이다. 도천은 분명 그녀와 사생결단을 하려 들 것이다. 후계자는 고사하고 목숨을 구할 수 있을지조차 장담할 수 없는 상황이었다.

"도와줄 거지?"

"왜 도와야 하지?"

잠시 고민하는 척하더니 그녀가 생긋 웃으며 말했다.

"내가 당신을 사랑하니까?"

"틀린 답이야."

적호가 고개를 내저었다.

"당신이 날 사랑하니까. 우리가 서로 사랑하니까."

적호가 여전히 고개를 내저었다.

"너무해. 그렇게 단호히 고개를 젓다니."

여전히 반응이 없자 주화인이 애교 섞인 웃음을 지었다.

"예쁘니까. 몸매가 죽이니까."

적호의 고갯짓에 어이없다는 표정까지 더해졌다.

이윽고 주화인의 표정이 진지해졌다.

"당신이 도와주지 않으면… 난 무슨 짓을 저지를지 몰라."

적호의 인상이 싸늘히 굳어졌다.

"무슨 뜻이지?"

적호의 말에 분노가 서렸다. 분명 딸아이를 염두에 둔 말이었다.

주화인은 절대 그 수를 쓰고 싶지 않았다. 하지만 중추절은 얼마 남지 않았고, 지금 상황은 최악이었다. 자신을 수렁에서 꺼내줄 사람은 적호뿐이었다.

"무슨 뜻이냐고 물었다."

"내가 얼마나 지독한 년인지 시험하게 하지 말아줘."

적호가 천천히 자리에서 일어났다.

마음의 준비를 해온 주화인은 거침이 없었다.

"가려 뽑은 애들로 천 명 준비해 뒀어. 명령이 떨어지면 당신 딸을 죽이러 갈 거야."

짜악!

적호가 사정없이 주화인의 뺨을 때렸다.

주화인의 입술이 터졌다. 흘러내리는 피를 닦아내는 주화인의 입가에 미묘한 미소가 지어졌다.

"이걸로 된 거지?"

짝!

주화인의 뺨이 반대쪽으로 돌아갔다.

"한 대로 부족할 줄 알았어."

적호가 무서운 눈빛으로 제자리에 앉았다. 그녀를 더 때릴 수도, 심지어 죽일 수도 있었다.

하지만 세상일을 감정대로만 해결할 수는 없었다. 특히 후계자들과 관련된 일을 그렇게 풀어선 안 될 일이었다.

적호가 나직이 물었다.

"당신이 오르고 싶은 그 자리, 이렇게까지 해서라도 차지하고 싶어?"

"응."

"왜?"

시뻘건 핏물을 뒤집어썼음에도 그녀는 아름다웠다.

"그렇게 살아왔으니까."

"뭐?"

"당신이 오직 딸만 위해서 살아왔듯이, 난 오직 그 자리를 차지하기 위해 살아왔으니까."

적호는 순간 말문이 막혔다.

주화인이 고개를 들었다. 강렬한 눈빛에 담긴 그것은 서글픔이었다.

적호가 그녀의 시선을 피했다. 그녀의 삶에 대해 판단을 내릴 자신이 없어서였다. 발밑에 홍건히 고인 피를 쳐다보며 적호가 나직이 말했다.

"쉽지 않을 거야."

그녀가 환하게 웃었다.

"허락한 거네?"

"백 공자가 막을 거야."

"지난번엔 나도 막았지. 하지만 당신, 해냈잖아?"

적호는 뭐라 할 말이 없었다. 그 점은 그녀에게 미안했다. 자신이 아니었다면 지금쯤 대공자는 회복불능 상태에 빠졌을 수도 있었다. 그녀의 눈빛이 말하고 있었다. 그때 막지 않았으면 이런 협박도 필요없었을 것이라고.

"그럼 부탁해. 그리고 그 빌어먹을 천 명은 지금 당장 해산할게."

주화인이 그곳을 나섰다.

밖에서 기다리고 있던 이단심이 피를 뒤집어쓴 주화인을 보고 흠칫 놀랐다. 뭐라 말을 하려던 그녀가 이내 말문을 닫았다.

그녀가 조용히 주화인의 뒤를 따랐다.

주화인이 지부의 입구에서 멈춰 서서 잠시 노을을 쳐다보았다. 그녀 얼굴에 비친 노을빛이 피를 뒤집어쓴 섬뜩함을 잠시 가려주었다.

"곱네."

"네."

"모든 것을 이루고 바라보면 더 아름답게 보일까?"

"글쎄요."

주화인이 힐끗 돌아보았다.

저 멀리 집무실의 창가에 적호가 서 있었다.

주화인이 손을 흔들었지만, 못 본 것인지 아니면 일부러 외면하는 것인지 적호는 아무 반응도 보이지 않았다.

이단심은 주화인의 입술이 터져 있음을 뒤늦게 발견했다.

"감히 아가씨의 옥체에 손을 대다니! 용서하지 않을 겁니다."

주화인이 씁쓸한 미소를 지으며 말했다.

"저 사람의 가장 소중한 것을 없애겠다고 하고 뺨 두 대면, 내가 이익 아닌가?"

"……!"

"단심아."

"네."

"너는 이런 사랑 하지 마라."

이단심이 입술을 내밀었다.

"아뇨, 전 더 아프고 비참한 사랑을 할 겁니다. 보고 배운 것이 이런 것인데… 제가 별수 있겠습니까."

이단심의 반항에 주화인이 피식 웃었다.

"그래 봤자 넌 못할 거다."

"왜요?"

"넌 착해서."

주화인이 다시 걸음을 옮겼다.
"지독한 사랑은 독한 사람들이나 하는 거거든."
그 뒤를 따라 걸으며 이단심이 항변하듯 말했다.
"전 착한 사람 아닙니다! 아가씨야말로 정말 착하신 분이시지요!"
주화인은 아무 대답도 하지 않았다. 그렇게 두 사람이 그곳을 떠나갔다.
창가에 선 적호가 그 모습을 쳐다보고 있었다.
방금 전 서현이를 떠올려 주던 아름답던 노을 풍경은 이제 불가능한 임무를 해내야 할 핏빛 현실로 바뀌어 있었다.

第六十五章
흑연사

절대
강호

"흑연사는 보통 청부 단체가 아닙니다."

연이 조사를 마친 것은 주화인이 방문한 지 반나절이 지난 후였다. 그사이 연은 가능한 모든 비선망을 동원해 이번 일에 대해 조사를 마쳤다.

"그 숫자가 총 몇 명인지, 어느 지역에 본단을 두었는지 등의 정보가 전혀 알려지지 않았습니다. 많은 사람들이 알고는 있지만 그 누구도 자세히 알지는 못하는 조직이 바로 흑연사입니다."

그만큼 보기보다 흑연사란 조직이 신비롭고 강하다는 뜻이었다. 이런 일에 동원하기에 아주 적합한 조직을 골랐다는 생각이 들었다.

"그들의 수장은 누구지?"

"흑천(黑天)이라는 이름으로 알려져 있습니다."

"흑천?"

"네. 외모나 실력은 물론이고 남자인지 여자인지조차 알려지지 않은 휘장 속의 인물입니다."

"이번 청부도 그가 직접 받아들였겠군."

"워낙 큰 청부였으니, 아마 그럴 겁니다."

"그를 만날 방법이 있나?"

"공식적인 방법이 한 가지 있긴 있습니다만."

"뭐지?"

"오만 냥 이상의 청부를 하면 그가 직접 의뢰자를 만난다고 합니다. 흑천이 워낙 신비한 인물이라 오만 냥을 내고 그를 직접 만나려는 사람들도 있는 것으로 압니다. 그럼에도 그에 대한 정보가 전혀 외부에 알려지지 않으니, 그들의 일 처리가 그만큼 확실하다는 것이지요."

"그럼 일단 오만 냥을 구해야겠군."

"어떻게 말입니까?"

잠시 숙고하던 적호가 담담히 대답했다.

"삼공녀에게 달라고 해야지."

가지고 있던 모든 돈은 사부님께 보낸 상태였다. 현재 오만 냥이란 거금을 구할 곳은 대공자와 삼공녀밖에 없었다.

"네? 그녀가 그런 큰돈을 줄까요? 설령 주고 싶다고 해도 쉽게 구하기도 힘들 겁니다."

"그건 그녀 사정이지."

냉정한 적호의 말에 연이 눈을 동그랗게 떴다.

삼공녀와 적호가 어떤 정서적인 교감을 나누고 있다는 것을 그녀는 눈치채고 있었다. 한데 오늘의 태도는 평소와 달랐다.

적호는 아직 삼공녀와 가화가 동일 인물임을 연에게 말하지 않았다. 그녀를 믿지 못해서가 아니라, 말할 시기가 아니란 판단 때문이었다. 연의 안전을 위해서이기도 했다.

"일단 그녀에게 연락을 넣어줘. 최대한 빨리 달라고."

* * *

콰아아아아아!

가파르게 흐르는 협류를 종리문이 말없이 내려다보고 있었다.

어지간한 강호인은 빠지면 빠져나오기 힘든 세찬 물줄기였다.

지금 이 시각, 최고위층 회합이 열리고 있었다. 총군사가 된 이래 처음으로 참석하지 못한 회합이었다. 그럴 수밖에 없었다. 바로 자신의 처분에 대한 논의가 이뤄지고 있었던 것이다.

사도의 죽음은 사악련 지도부에 큰 충격을 안겼다.

그 죽음에 책임을 진 사람은 기영이었다. 하지만 모두들 비공식적으로 그 배후에 종리문이 있다는 것을 알았다.

잔잔한 호수를 보고 있노라면 오히려 마음이 울컥할 때가 있다. 평온한 것이 마음을 뒤흔드는 경우다. 물론 반대로 격렬한 어떤 것이 사람의 마음을 차분하게 만들어주기도 한다. 지금의 종리문이 그러했다. 세찬 물줄기를 보고 있으니, 오히려 마음이 평온해졌다.

콰콰콰콰콰!

물 흐르는 소리가 다른 세상의 그것처럼 종리문의 마음에서 멀어졌다. 그리고 대신 마음속에 들려오는 말소리.

"난 사도천하를 이룰 것이네. 자네가 그 방법을 찾아내게."

사악련주 능풍비의 지상명령이었다.

처음 총군사가 된 그날, 자신에게 했던 말이었다. 그 이후 능풍비는 단 한 번도 그에 대해 언급한 적이 없었다.

그랬기에 종리문은 알고 있었다.

그 말이 진심이었다는 것을. 여전히 능풍비는 그 꿈을 꾸고 있다는 것을.

자신도 언제나 그 말을 가슴에 품고 있었다.

능풍비의 꿈이지만, 그건 자신의 꿈이기도 했다.

하지만… 총군사란 막중한 임무를 해오면서 종리문은 꿈은 어디까지나 꿈일 뿐이란 한계를 절실히 느꼈다.

사도천하는 신군맹과의 전면전에서 이겼을 때만 가능한 일이었다.

그리고 그 전쟁은 '그래, 놈들을 다 없애 버려!'란 사악련주의 한마디 명령으로 일어날 수 있는 일이 아니었다.

얽히고설킨 수많은 이해관계들을 조율하고, 상상도 못할 막대한 돈을 들여야 했으며, 전쟁터에 나가 죽어줄 그 모두를 설득해 내야 했다.

그리고 그 이전에, 신군맹을 반드시 이길 수 있다는 확신이 있어야 했다.

그 승산을 높이기 위해 밀영객을 키웠고, 적호를 포섭했다.

하지만 근래 계속된 실패는 종리문을 절벽 끝으로 밀고 있었다.

사도천하는 고사하고 평범한 사도의 일상조차 지켜내지 못하고 있었다.

종리문이 탄식하듯 내뱉었다.

"…자격 미달이군."

그때 그의 뒤에서 들려오는 말소리.

"나 말인가?"

놀라 돌아보니 어느새 능풍비가 서 있었다.

종리문이 희미하게 웃으며 말했다.

"그럴 리가 있겠습니까?"

종리문이 공손히 허리를 숙였다.

"자네 스스로 그렇게 여긴다면 그건 나를 모욕하는 말이기도 하네."

"무슨 말씀이신지요?"

"자넬 뽑은 것이 나지 않나?"

"그렇군요. 제가 말실수를 했습니다."

종리문이 다시 한 번 고개를 숙였다.

능풍비가 절벽 끝에 나란히 섰다. 그가 아래로 흐르는 세찬 물줄기를 보며 말했다.

"걱정 말게, 아직은 여기 빠질 일은 없으니까."

오늘의 회합은 지루하게 이어졌다.

종리문에 대한 강력한 비판이 쏟아졌다. 이전의 모든 실패까지 이번 일에 더해졌다.

하지만 끝내 능풍비는 약속을 지켰다. 상당한 정치적인 부담을 안고 종리문이 떠내려가는 것을 막아준 것이다.

"감사합니다."

"지난 일은 잊게."

"제 그릇이 작은 탓입니다."

"그릇 따윈 깨버리고 세상에 담기게."

울컥 와 닿는 바가 있었다. 종리문이 진심 어린 존경을 담아 고개를 숙였다. 자신이 아무리 똑똑하다 해도 그건 지식이 많은 정도에 불과했다. 좀 더 좋게 봐줘봐야 지성.

하지만 한 번씩 능풍비에게서 배우는 삶의 지혜는 똑똑함과는 비교할 수 없을 정도로 깊은 삶의 철학을 닮고 있었다.

"이제 어떻게 할 생각인가?"

"손실을 만회해야겠지요."

그러자 능풍비가 고개를 가로저었다.

종리문이 조심스럽게 물었다.

"다른 생각이 있으십니까?"

"기물을 아무리 잃더라도 외통수 한 방으로 그 판을 이길 수가 있겠지."

종리문이 내심 긴장했다. 능풍비의 말에 담긴 의미는 생각하기에 따라 매우 위험한 것이기도 했다. 특히 능풍비가 생각하는 이번 판이 어떤 판인지 알지 못했기에 더욱 불안했다.

"신군맹주를 만나러 가볼까 하네. 자네와 나 단둘이서."

"……!"

종리문은 깜짝 놀랐다.

사도의 죽음으로 능풍비가 그냥 있지 않으리라 예상은 했지만, 이렇게 직접 나설 것이라곤 상상하지 못했다.

꽉 다문 능풍비의 입매는 이미 그가 결심을 굳혔다는 것을 말해주었다.

예고 없는 방문에 으레 생길 수 있는 의외의 위험 따윈 지금 문제가 아니었다. 자신이 판단하기에 능풍비를 위협할 수 있는 고수는 오직 천아성뿐이었다.

문제는 능풍비가 직접 나선 것이 알려졌을 때의 파장이었다.

지금까지는 사도가 아니라 사도 할아비가 죽어도, 자신들이 이렇게 대처하느냐에 따라 그냥 아랫것들의 투닥거림으로 처

흑연사 161

리할 수 있었다.

하지만 능풍비가 직접 나선다는 것은 완전히 다른 문제였다.

정사대전으로 이어질 수 있는 위험이 존재하는 것이다.

종리문은 능풍비의 진정한 속마음을 알지 못했기에 더욱 불안함을 느껴야 했다.

"그전에 하나 묻지. 자네가 생각하기에 저쪽에 누가 후계자가 되는 것이 우리에게 유리하겠나?"

종리문의 대답은 이미 정해져 있었다.

"주화인입니다."

"이유는?"

"그녀가 더 똑똑하고 뛰어나기 때문입니다."

능풍비의 눈이 가늘어졌다.

"더 뛰어나서다?"

"네. 바보는 다루기가 더 힘든 법이지요."

물론 진심으로 백무성을 바보라 생각하는 것이 아니었다. 상대적으로 고지식한 백무성이 다루기 더 까다롭다고 결론을 내린 것이다. 총명한 주화인 쪽이 오히려 파고들 여지가 더 많다는 판단이었다.

"한마디로 백무성을 없애 버리면 되겠군."

"물론 그렇습니다만, 그렇게 단순한 문제가 아닙니다."

"계획을 세우고 행동한다. 대부분 그것이 옳겠지. 하지만 말일세. 가끔은 먼저 행동하고, 그에 따라 계획을 세우는 것이

옳을 때가 있지."

"그래도 안 됩니다. 그들의 후계 싸움에 개입해선 얻는 것보다 잃는 것이 더 큽니다."

"내가 하겠다는데도?"

"네!"

"폭우에 떠내려가는 자넬 구해준 나인데도?"

"네! 절 죽이고 가십시오."

죽음을 각오한 종리문의 태도에 능풍비가 호탕하게 웃었다.

"하하하하. 그래, 이 정도 기백은 있어야지. 본 련의 자랑스런 총군사인데."

"불충을 용서해 주십시오. 다음에 또 다른 불충을 저질렀을 때, 오늘의 이 불충까지 한꺼번에 벌해주십시오."

"그럼세. 자네 말대로 그들의 후계 싸움은 참견하지 않겠네."

종리문은 느꼈다. 능풍비는 애초에 그 싸움에 끼어들 생각이 전혀 없었다는 것을. 이런 대화를 유도한 것이다. 둘의 유대가 깊어졌고, 다시 한 번 자신은 그에게 빚을 졌다.

자신을 다루는 능풍비의 정치였다. 종리문은 그런 능풍비를 진심으로 존경했다.

콰콰콰콰콰!

능풍비가 격렬하게 흐르는 협류를 내려다보며 말했다.

"난 자네를 믿네. 항상 자네를 믿어왔지."

"감사합니다."

"그런 자네가 요 근래 실수가 잦았지."
"면목없습니다."
종리문이 고개를 푹 숙였다. 입이 열 개라도 할 말이 없었다.
"내가 아는 자네는 연이어 실수를 할 사람이 아니라네. 절대 아니지."
"제가 부족한 탓입니다."
"아니네."
능풍비의 단언에 종리문이 물었다.
"그럼 무엇 때문이라 생각하십니까?"
"뭔가 걸림돌이 있는 것이지."
"……!"
종리문을 향한 능풍비의 눈빛이 강렬해졌다.
"자네가 그 걸림돌을 한 단어로 말해보게."
잠시 대답을 망설이던 종리문이 이윽고 대답했다.
"적호입니다."
사실 적호가 아니라고 생각하고 있었다. 일개 현장 요원 따위가 자신의 앞길을 막았을 리 없었다. 하지만 지난 모든 실패에 공통적으로 들어간 이름은 단 하나였다. 회유에 성공했음에도 왠지 마음에 걸리는 그 이름.

적호!

능풍비가 급류보다 더 사납게 웃었다.
"가서 단번에 뽑아버리세."

　　　　＊　　　＊　　　＊

　주화인은 생각보다 훨씬 빠르게 움직였다.

　돈을 구해달라는 기별을 넣은 지 두 시진 후, 이단심이 적호를 찾아온 것이다.

　"아가씨는 지금 움직이실 처지가 안 돼서요."

　"이해하오."

　아마도 적호를 다시 보기에 마음이 편치 않았을 것이다.

　"여기 준비해 달라신 돈이에요."

　이단심이 꺼낸 것은 두툼한 가죽 주머니였다.

　과연 삼공녀란 생각이 들었다. 불과 두 시진 만에 오만 냥을 동원해 냈다.

　가죽 주머니를 건네려던 이단심의 손길이 멈췄다.

　"임무를 완수하면 이 돈은 당신 거예요."

　생각지 못한 말에 적호가 내심 놀랐다.

　"만약 실패하면?"

　적호의 물음에 이단심이 차갑게 대답했다.

　"돈 따윈 문제도 아닌 일이 벌어지겠지요."

　"주인을 닮아 협박하는 것을 좋아하는군."

　"칭찬으로 듣겠어요."

　이단심이 주머니를 건넸다.

흑연사 165

"그럼 건투를 빕니다."

그 말만 남기고 이단심이 사라졌다.

주머니를 열자 오백 냥짜리 전표 백 장이 들어 있었다. 적호가 주머니를 품에 간직했다.

스르륵.

은신해 있던 연이 모습을 드러냈다.

"흑연사와의 접선 방법을 알아냈습니다."

이번 일에 동원할 수 있는 모든 비선망이 가동되고 있었다.

"밤새 달리면 내일 새벽에 접선할 수 있을 겁니다."

"수고했어."

안가를 걸어나가며 적호가 말했다.

"연, 가서 단숨에 끝내 버리자고!"

* * *

동트기 전 이른 새벽. 저잣거리 옆 작은 공터에 수십 명의 사람들이 모여들었다. 그들은 두 부류로 나뉘었는데, 인부를 구하는 사람들과 일자리를 구하는 사람들이었다.

"자, 담장 건설! 일당 반 냥!"

"축대 보수! 일당 한 냥!"

"화원일! 일당 반 냥!"

여기저기 손을 드는 사람들이 있었고, 곧바로 흥정이 이뤄졌다. 거의 매일 보는 얼굴들이었기에 일사천리로 일 처리가 진행되고 있었다.

그곳에 적호가 모습을 드러냈다.

검을 두고 평범한 옷차림을 한 적호는 영락없는 장사치의 행색을 하고 있었다.

"금광 막장! 일당 네 푼!"

적호는 인부를 구하는 쪽이었다.

네 푼이란 말에 모두들 고개를 내저었다.

일에 비해 너무 액수가 적은 것이다. 거저 인부를 구하려는 적호를 보며 다들 인상을 찌푸리며 혀를 찼다.

그때 사내 하나가 다가왔다.

"어디에 있는 금광이오?"

"가깝고도 먼 곳에 있소."

제대로 된 밀어(密語)에 사내의 눈빛이 반짝였다.

"갑시다!"

"좋소!"

두 사람이 그곳을 나섰다.

그곳에서 이 리쯤 떨어진 한적한 곳에 도착하자 사내의 기도가 완전히 바뀌었다.

"규칙은 아시겠지?"

"물론이오."

사내가 휘파람을 길게 불었다.

그러자 마차 한 대가 그곳으로 달려왔다.

"타시오."

마차에는 창이 달려 있지 않았다. 굳이 바깥을 살피려면 살필 수 있겠지만 적호는 마음 편히 눈을 감고 잠을 청했다. 쉴 수 있을 때 쉬어두는 것은 임무를 나섰을 때의 습관이었다.

두두두두!

적호를 태운 마차는 몇 차례 말까지 바꿔가며 쉬지 않고 달린 후에야 멈춰 섰다.

푹 자고 일어난 적호가 마차에서 내렸다.

놀랍게도 그곳은 건물 안이었는데, 마차가 커다란 대청 안까지 들어와 있었던 것이다.

사방 벽에는 작은 창 하나 없었고, 실내에는 아무런 집기도 없었다. 벽에는 그 흔한 족자 하나 걸려 있지 않았다. 그야말로 이곳이 어디인지 그 어떤 단서도 찾을 수 없었다.

대청 가운데 복면을 쓴 사내 하나가 서 있었고, 그의 뒤로 네 명의 복면인이 서 있었다. 다섯 모두 절정고수들이었다.

'과연 이름값은 하는군.'

하나같이 범상치 않은 기도였는데 특히 한 사람이 눈에 띄었다.

그때 가운데 서 있던 복면사내가 입을 열었다.

"못 보던 얼굴이오."

"단골만 상대하시오?"

만만찮은 대답에 복면사내의 눈가에 묘한 웃음기가 스쳤다.

"그런 것은 아니오만. 암어는 어디서 알아냈소?"

"듣던 것과는 다르군."

"무슨 뜻이오?"

"뭐가 이리 조심스럽소? 어디서 안 게 뭐가 중요하오? 장사하는 사람이 물건이나 제대로 팔면 되지, 손님이 어디서 왔든 누구 소개로 왔든 그게 뭐가 그리 중요하오? 흑연사란 곳이 겁쟁이들만 모인 곳이오?"

복면사내의 눈빛이 날카로워졌다.

하지만 그는 결코 평정심을 잃지 않았다.

"조심성이 많다고 해주면 좋겠소."

"그럽시다."

"좋소. 겁쟁이가 아님을 증명하려면 판을 펼쳐야겠지. 자, 먼저 돈부터 봅시다."

적호가 품에서 가죽 주머니를 꺼내서 복면사내에게 건넸다.

"우리가 미리 돈을 확인하지 않고 이곳까지 데려오는 이유를 알고 있소?"

주머니를 열어 빳빳한 오백 냥짜리 전표 백 장을 확인한 복면사내가 말을 이었다.

"수작 한 번으로 목숨과 바꿀 사람은 드물기 때문이지."

복면사내가 손바닥을 쳐서 신호를 보냈다. 한쪽 문이 열리고 대기하고 있던 노인 하나가 들어왔다.

작은 탁자가 하나 놓이고, 모두가 보는 앞에서 노인이 전표를 확인하기 시작했다.

그사이 적호는 다시 다섯 복면사내를 살폈다. 그들 역시 적호를 세심히 살폈다.

반력환을 찬 채 적호는 자신의 기도를 최대한 숨기고 있었기에 사내들은 그렇게 긴장하지 않았다. 실력이 뛰어나 여유로운 것이 아니라, 배후가 대단하다고 여겼다.

복면사내가 말했다.

"왜 지금까지 우리가 비밀을 유지할 수 있었는지 아시오?"

"무엇 때문이오?"

"청탁받은 일은 반드시 해냈기 때문이오."

"그것만으론 부족했을 것 같은데?"

적호의 말에 복면사내의 눈빛에 웃음기가 흘렀다.

"눈치가 빠르군. 맞소. 거기에 한 가지가 더 있소. 비밀을 누설한 자는 절대 용서치 않았지. 이제 묻겠소. 과연 당신 입은 어떻소?"

은근한 압박에 적호가 싸늘히 대답했다.

"일이 끝난 후에도 청부자를 감시했군."

복면사내의 얼굴에서 웃음기가 사라졌다. 상대가 단번에 핵심을 찔러온 것이다. 적호의 말처럼 그들이 비밀을 유지해 온 것은 한마디로 철저한 고객관리였다. 지켜줄 것은 확실히 지켜주지만, 반면 조금이라도 위험한 기색이 있으면 철저히 조사해서 스스로를 지켰다.

"그럴 리가 있겠소? 원래 나쁜 소문은 더 빨리 퍼지는 법이라오."

복면사내가 그렇게 무마했고 그 말을 믿는다는 듯 적호는 더 이상 따져 묻지 않았다.

이윽고 노인이 감정을 마쳤다.

"모두 진짜 전표입니다."

복면사내의 눈빛에서 긴장감이 다소 사라졌다.

"환영하오."

"당신에게 환영받으려고 온 것 아니오. 일이나 진행합시다."

"하하, 시원시원하군요. 그럽시다."

복면사내가 자신의 복면을 벗었다. 날카로운 인상의 중년 사내가 얼굴을 드러냈다.

"내가 바로 흑천이오."

사내가 자신의 기도를 드러냈다. 절정고수만이 뿜어낼 수 있는 예리함이 칼날처럼 뿜어져 나왔다.

사내가 한껏 내력을 실어 말했다.

"흑연사의 이름을 걸고 당신의 청부는 내가 직접 처리해 주겠소."

사내의 목소리가 대청에 쩌렁쩌렁 울려 퍼졌다.

그때 적호가 나직이 물었다.

"당신이 진짜 흑천이란 증거는?"

"뭣이? 지금 나를 못 믿겠다는 것이오?"

"그렇다면?"

일순 장내의 분위기가 싸늘해졌다. 두 사람의 시선이 팽팽하게 맞섰다.

흑천이 싸늘히 말했다.

"지금 뭐하자는 건가?"

그의 말에 불쾌한 감정이 고스란히 드러났지만 적호는 차분했다.

"정당한 요구라고 생각하는데? 그럼 지금까지 오만 냥이나 낸 사람들이 당신 말을 모두 믿었단 말이오?"

"당연히! 내가 바로 흑천이니까!"

사내가 살기를 뿜어내며 공포 분위기를 조성했다.

적호가 천천히 탁자로 걸어가서 그 위에 쌓인 전표를 주머니에 다시 담았다.

"난 약속을 지키지 않는 자와는 거래하지 않는다."

"이딴 짓을 저지르고 무사히 돌아갈 수 있다고 생각하나?"

적호가 가죽 주머니를 품속에 넣었다. 동시에 한쪽 팔목에 차고 있던 반력환을 양손으로 나눠 찼다. 등을 돌린 채라서 아무도 그 모습을 보지 못했다.

스르릉!

적호가 돌아서며 참혼을 뽑아 들었다.

"나도 그냥 돌아갈 생각 없다."

흑천은 물론이고 뒤에 선 네 명의 복면사내도 어이없다는 표정을 지었다.

적호가 사내들 쪽으로 돌아섰다.

더없이 차가운 적호의 눈빛을 보는 순간, 모두들 흠칫 놀랐다. 잠시 전의 사내가 아니었다.

"아니, 넌!"

적호는 더 이상 말을 하지 않았다.

쇄애애애애애액!

적호가 순식간에 공간을 좁히며 흑천에게 달려들었다. 애초 그들이 가늠한 실력과는 천지 차이였다.

놀란 흑천이 반사적으로 검을 내질렀다.

따다당!

두 검이 맞부딪쳤다.

다음 순간 사내가 어금니를 깨물었다.

손목이 부러질 것 같은 충격을 받은 것이다. 실력을 감추지 않은 적호의 공격은 그야말로 무시무시했다.

쇄애애액!

고통을 참으며 반사적으로 휘두른 사내의 검을 피하며 적호의 수도가 사내의 목을 상타했다.

뻐억!

흑천이 휘청 뒤로 물러섰다. 한 방에 목이 부러지지 않은 것은 내력을 넣지 않은 일격이었기 때문이다.

다음 순간! 퍼억!

적호가 휘청거리는 흑천의 가슴을 박차고 날아올랐다.

절정고수가 자신의 가슴을 이렇게 무방비로 노출했다는 것은 있을 수 없는 일이었다. 뒤로 쓰러지면서도 사내가 지금의 상황을 이해하지 못한 것도 그 때문이었다.

'말도 안 돼!'

말도 안 되는 일은 이제 시작이었다.

적호가 나머지 네 사내에게 쇄도했다. 상대는 절정에 이른 고수들이었다. 네 고수의 입장에선 그야말로 황당하고 처음 겪는 경험이었다.

쇄애애액!

네 검이 일제히 허공을 갈랐는데 바람 소리는 하나였다.

그만큼 빠르게 적호를 노리며 날아들었다는 뜻이었다.

따아앙!

검과 검이 부딪치는 소리를 만들어내며 참혼이 허공을 가로질렀다.

주르르륵.

동시에 네 사내가 뒤로 밀렸다.

사내들이 경악했다. 그들은 똑똑히 보았다. 각기 다른 방위로 날아든 자신들의 검을 적호가 단 한 수로 물리치는 것을.

그것은 직접 경험하고도 믿기 어려웠다.

쉬익!

판단력이 상대의 행동을 따라가지 못하고 있었다. 이미 적호는 좌측의 사내의 가슴으로 파고들고 있었던 것이다.

 휘리릭!

 무영십삼수에 걸린 사내가 허공을 한 바퀴 돌았다.

 적호를 향해 찔러가던 나머지 세 검이 방향을 바꾸었다. 하마터면 동료를 찌를 뻔한 것이다.

 그 찰나의 순간.

 적호가 또 다른 사내를 향해 쇄도했다.

 퍽!

 설마 허공에 떠 있는 동료를 그대로 두고 자신에게 올 줄 몰랐던 탓에 사내는 그대로 공격을 허용하고 말았다.

 적호의 어깨가 사내의 가슴을 박았다.

 쿵! 쿠웅!

 앞서 허공을 돈 사내가 바닥으로 떨어졌고, 두 번째 사내가 뒤로 주우욱 미끄러졌다. 바닥에 떨어진 사내도, 뒤로 밀린 사내도 곧장 일어서고 균형을 잡을 수 있을 것이라 생각했다.

 하지만 그건 착각이었다.

 벌떡 일어나려던 사내가 그대로 엉덩방아를 찧었다. 허공에 떠 있을 때 이미 적호가 사내의 양쪽 발목 혈도를 제압한 것이다.

 뒤로 밀려나던 사내 역시 설마만 반복하다 그대로 뒤로 넘어졌다. 왜 균형을 잡을 수 없는지 그는 알 수 없었다.

 두 사람이 쓰러지고 있을 그때, 적호는 또 다른 사내의 검을 쳐내고 있었다.

땅! 따다다당! 땅!

세 수를 나눴을 때 복면사내가 끙 하며 굵은 신음성을 토해냈다.

사내는 착각이 들었다. 산공독에 중독된 것이 아닌가 하고. 그렇지 않다면 내력이 가득 찬 팔목이 이렇게나 아플 리가 없었다.

따따다다당!

다섯 수 만에 검을 놓쳤고!

퍽!

여섯 번째 수에 적호의 팔꿈치가 사내의 턱을 강타했다.

순식간에 흑천을 포함한 네 사내가 쓰러졌다. 일류도 아닌, 절정에 속한 고수 넷이 검기도, 검강도 아닌 몸짓, 발짓에 쓰러진 것이다.

남은 복면사내가 충격에 빠진 채 제자리에 서 있었다. 강호에 나선 이후 이렇게 강한 상대는 단언하건대 처음이었다.

덜컹! 덜컹!

사방의 벽과 천장이 일제히 열리며 복면사내들이 쏟아져 내렸다. 그들은 일류고수들이었다.

적호가 망설이지 않고 바람개비처럼 몸을 회전하며 날아올랐다.

파파파파파팡!

퍽! 퍽! 퍽! 퍽! 퍽!

적호를 향해 쏟아져 내렸던 다섯 명의 흑의사내가 사방으로 튕겨져 날아갔다.

대체 어딜 어떻게 맞았는지조차 알지 못할 한 수였다.

사내들이 벌 떼처럼 달려들었다.

퍽! 퍽퍽! 퍽!

적호의 신형이 움직일 때마다 사내들이 나가떨어졌다. 그 누구도 치명상을 입지 않았다. 적호가 내력을 넣지 않고 공격했기 때문이다. 그럼에도 사내들은 쉽게 다시 일어나지 못했다. 내력이 없더라도 무영십삼수의 정수가 담긴 공격이었다.

그야말로 스치면 사내들이 쓰러졌다. 호랑이가 양 떼들 사이로 뛰어든 광경이었다. 그야말로 추풍낙엽!

적호는 마음껏 무영십삼수를 발휘했다. 이렇게 많은 일류고수들의 합공은 평생 얻기 힘든 경험이기도 했다.

퍽퍽퍽퍽퍽!

사내 다섯이 동시에 뒤로 튕겨 나가며 쓰러지는 것을 끝으로 장내가 정리되었다.

앓는 소리를 내며 오십 명의 일류고수가 쓰러져 있었다.

서 있는 사람은 오직 앞서의 그 복면사내뿐이었다. 그는 완전히 충격에 빠져 있었다. 믿을 수 없는 광경이었다.

적호가 그를 말없이 쳐다보았다.

"어떻게 나인 줄 알았소?"

그 사내가 바로 진짜 흑천이었던 것이다. 앞서 흑천인 척했던 사내는 가짜였다.

적호가 담담히 말했다.

"당신이 제일 뛰어나더군."

진짜 흑천의 눈빛에서 이채가 발해졌다. 상대의 실력이라면 단번에 자신의 정체를 알아차린 것도 당연한 일이었다.

"그리고 한 가지 더, 아까 노인이 돈을 세고 나서 보고를 할 때 당신에게 하더군."

다섯 명이 한곳에 모여 서 있었기에 노인의 시선이 뒤에 선 진짜 흑천을 향한 것을 알아차린다는 것은 결코 쉽지 않은 일이었다. 하지만 적호는 정확히 그 미세한 시선의 차이를 알아냈다. 한마디로 실력만큼이나 눈썰미가 좋다는 의미였다.

흑천이 나직이 말했다.

"거기에다 당신은 거래를 할 줄 아는군."

수하들 앞에서 자신의 체면을 제대로 살려준 것이다.

보통 적에는 두 부류가 있다. 수하들 앞에서 체면을 구기게 만들어서 목적을 이루려는 자와 지금의 적호처럼 체면을 살려주며 일을 진행하는 자, 물론 흑천은 후자를 선호했다. 거기에 또 하나, 수하들을 아무도 죽이지 않은 것이다.

"원하는 것이 무엇이오?"

흑천의 물음에 적호가 주위를 둘러보았다.

적호의 뜻을 짐작한 흑천이 수하들을 물렸다.

"모두 물러가라."

그제야 쓰러진 이들이 하나둘씩 일어났다. 적호를 바라보는 눈빛에 두려움과 경외심이 담겼다. 그들이 동료들을 챙겨 모두 사라졌다. 최초의 절정고수 넷은 남기를 원했지만 흑천은 그들까지 물렸다.

적호가 정신을 집중해 주위를 살폈다. 아무런 기척도 느껴지지 않았다. 그제야 적호가 본론을 말했다.

"이번에 장보도에 대한 청부를 맡은 것으로 아오."

장보도란 말에 흑천의 표정이 심각하게 굳었다. 그 일 때문에 왔으리라 예상했는데 과연 그랬다. 근래 가장 큰 청부였고, 그 일이 아니라면 이런 대단한 고수가 자신을 찾아올 리 없기 때문이었다.

"그렇소."

흑천은 어차피 상대가 모든 것을 다 알고 왔다는 것을 직감하고 있었다.

"이번 일의 진짜 의뢰자에 대한 정보가 필요하오."

"불가!"

망설임없는 대답이었다.

"안 되겠소?"

적호의 정중한 부탁이었다. 순간 흑천의 마음이 울컥했다. 사실 상대는 자신들을 모두 죽일 수도 있었다. 그야말로 가공할 무위를 지닌 고수였다.

흑천이 자신의 발치를 내려다보았다. 무인들에게는 말하지 않아도 지켜야 할 원칙 같은 것이 있다고 생각했다.

바로 지금 같은 경우다. 상대가 목숨을 살려주면서 체면을 차려주었다면 그에 합당한 보상을 해야 한다. 무작정 잡아떼기에는 너무 염치없는 상황이었다.

흑천이 표정을 일그러뜨렸다.

"그런 증거가 있을 리 없지 않소?"

적호는 분명 증거가 있으리라 확신했다.

상대는 절정고수 넷과 일류고수 오십 명의 호위 속에서도 자신의 정체를 감출 정도로 조심성이 많은 성격이었다. 거기다 평소에도 청부자의 비밀 누설을 감시하는 그들이었다.

분명 장보도 청부는 그들의 사활을 걸어야 할 정도로 큰 액수의 청부였을 것이다. 토사구팽의 위험성을 누구보다 잘 아는 그가 빠져나갈 구멍을 만들어두지 않았을 리 없다.

두 사람의 시선이 허공에서 얽혔다.

흑천이 입술을 지그시 깨물었다.

"좋소, 그런 것이 있다고 칩시다."

흑천이 허심탄회하게 속내를 드러냈다.

"아시다시피 우린 신용 하나로 먹고사는 조직이오. 한데 신용을 버린다면 우리가 어찌 살아남을 수 있겠소."

"그대가 신용을 버린 것을 강호인들은 모를 것이오."

흑천의 눈이 가늘어졌다.

"그 말을 어찌 믿는단 말이오."

적호가 대답했다.

"약속을 지키겠소. 그리고 이번 일의 성격상 한동안 잠수를 탄다면 무사히 이번 일을 피해갈 수 있을 것이오."

"빌어먹을! 난 본디 의심이 많소. 이런 말 한마디에 누굴 믿는 사람이 아니란 말이오!"

적호는 아무 대답도 하지 않았다.

"빌어먹을! 망할!"

흑천이 불평을 토해냈다. 이미 자신이 행동할 결과를 예감했기에 하는 행동이었다.

"대체 당신은 누구요?"

"이름은 얼마든지 알려줄 수 있겠지만, 아무 의미가 없는 이름이오. 그냥 명령을 받고 움직이는 칼에 불과하오."

"우리에게 청부를 내린 쪽과 반대쪽이오?"

"그렇다고 볼 수 있소."

"빌어먹을!"

"이번 일을 누구에게 맡겼소?"

흑천의 조심스러움을 볼 때, 자신들이 직접 진행한 일이 아니란 생각이 들었다. 석굴과 기관의 제작부터 일의 진행까지 모두 제삼자를 통해 진행했을 것이란 생각이 들었다.

과연 적호의 짐작이 맞았다.

"그건 절대 말해줄 수 없소. 하지만……."

흑천이 한숨을 내쉬었다. 어차피 피해갈 수 없는 일이라고 판단 내린 것이다.

"이것이라면."

흑천이 품에서 한 장의 밀서를 꺼내 적호에게 건넸다.

그것은 바로 이번 일의 배후에 대공자 쪽의 수하가 관련되어 있다는 증거였다. 적호의 짐작대로 그는 이번 일의 배후에 대공자가 있다는 것을 알아냈고, 그것을 문서화해서 증거로 남겨둔 것이다.

적호가 만족한 표정으로 그것을 품에 간직했다.

"고맙소."

"꺼지시오."

적호가 피식 웃으며 돌아섰다.

흑천이 뒤에서 물었다.

"내가 만약 끝까지 거절했으면 어떻게 하려고 했소?"

적호가 힐끗 돌아보며 대답했다.

"당신들을 다 죽이고 뺏으려고 했소."

흑천이 눈을 가늘게 떴다.

"무슨 농담을 그렇게 재미없게 하시오."

잠시 흑천을 바라보던 적호가 문을 닫고 나갔다.

흑천이 한숨을 내쉬며 말했다.

"젠장! 진짜였군."

그리고 수하들에게 소리쳤다.

"짐들 싸라! 당분간 문 닫는다!"

第六十六章
석실비화

절대
강호

두두두두!

적호가 탄 마차가 신군맹을 향해 달리고 있었다.

적호는 흑천에게서 받은 증거를 내려다보며 생각에 잠겨 있었다. 이것을 주화인에게 넘기면 그녀는 위기에서 벗어날 수 있을 것이다.

대신 백무성에게는 치명적인 영향을 끼칠 것이다. 앞서 땅바닥에 떨어졌던 평판을 간신히 복구한 백무성이었다. 이번 일로 입게 되는 피해는 원래의 두 배, 세 배의 타격이 될 것이다.

적호는 증거를 이대로 넘기지 않기로 마음먹었다.

쉽지 않은 작업이지만 배후를 조작해서 사악련으로 바꾸려고 마음먹은 것이다. 쉽진 않겠지만 불가능한 작업은 아니었다. 적어도 지금 적호 자신이 사악련의 소속이기도 했으니까. 연의 도움을 받는다면 분명 해낼 수 있을 것이다.

그때 마차가 천천히 멈춰 섰다.

"내리셔야겠습니다."

심각한 마부의 목소리에 적호가 마차에서 내렸다.

길 앞을 일단의 무인들이 막고 있었다. 그들 가운데 선 사내는 바로 진충이었다.

진충이 눈인사를 보내왔다.

적호가 가볍게 고개를 끄덕여 인사를 받았다.

길 한옆 나무 그늘 아래 백무성이 앉아 있었다.

"볕이 뜨겁네. 이리 오게."

적호가 그에게 공손히 인사를 한 후 그쪽으로 걸어갔다.

"마지막 무더위라더군. 이 더위가 가면 곧 가을이겠군."

그의 말처럼 마지막 무더위가 기승을 부리고 있는 요즘이었다.

적호가 그와 나란히 앉았다.

"그간 잘 지냈는가?"

"덕분에 잘 지냈습니다."

"많이 다쳤다던데?"

"이제 괜찮습니다."

적호의 기도가 예전 같지 않음을 느꼈다. 백무성은 그것이 부상 때문이라 생각했지만, 사실은 반력환 때문이었다.
"다행이군. 임무에서 돌아오던 길인가?"
"아닙니다. 사적인 일로 어딜 다녀오는 길입니다."
"그랬군."
둘 사이에 잠시 어색한 침묵이 흘렀다.
적호의 마음이 무거웠다. 지금 자신은 흑천에게서 증거를 얻고 돌아가는 길이었다.
그런 상황에서 백무성이 길을 막아선 것은 결코 우연히 아니었다. 모든 상황을 감시하고 있었다는 뜻이었다. 그는 자신이 증거를 입수한 것을 분명 알고 있었다.
적호가 한숨을 내쉬며 입을 열었다.
"사실은……."
어차피 알고 왔다면 시치미를 떼는 것이 좋은 선택은 아니었다.
"이번 일을 조사해 달라는 삼공녀님의 명령을 받았습니다."
그러면서 고개를 푹 숙였다. 단단히 조여 있던 백무성의 기도가 살짝 풀어지는 것이 느껴졌다. 솔직한 말에 자신에 대한 경계심이 풀리며 기분이 좋아졌다는 의미였다.
"그래서 어떻게 되었나?"
"증거를 찾았습니다."
"어떤 증거?"
백무성이 모른 척 물어왔다.

당신이 이번 일의 진짜 배후임을 밝히는 증거라고 대답할 수는 없는 노릇이었기에 적호는 아무 말도 하지 않았다.

백무성이 눈에 힘을 주며 말했다.

"단도직입적으로 묻겠네. 이번 일을 해주는 대가로 사매에게 무엇을 받았나?"

"돈입니다."

"얼마나?"

적호가 잠시 망설였다.

"괜찮으니까 말해보게."

"오만 냥입니다."

순간 백무성이 깜짝 놀랐다. 오만 냥은 자신이나 주화인에게나 매우 큰돈이었다.

'대단하군.'

동시에 적호에 대한 반감이 줄어들었다. 오만 냥이란 거금을 받았다면 누구라도 마음이 흔들렸을 것이다. 제아무리 특출하다 해도 결국 적호도 돈을 받고 임무를 수행하는 귀병에 불과했다.

이상하게도 적호를 보면 어떤 환상을 가지게 된다. 돈이 전부가 아닐 것 같은 느낌, 왠지 모를 믿음 같은 것. 하지만 결국 이럴 때 보면 적호는 그저 돈에 의해 움직이는 칼잡이에 불과했다.

적호는 백무성이 자신에 대해 실망하고 있음을 느꼈다.

적호의 입가에 희미한 미소가 지어졌다. 나쁘지 않은 일이었다. 지금까지 보여준 것처럼, 자신은 눈앞의 이득에 충실한 귀병의 모습이면 충분했다. 그가 자신을 최악의 쓰레기라 생각하면 할수록 살아남을 수 있는 확률이 높아질 테니까. 자신이 살아가는 이유는 그에게 잘 보이기 위함이 아니었으니까.

"명령을 수행하면서도 공자님이 마음에 걸렸습니다."

이번에는 백무성이 웃었다.

'변명은!'

적호가 백무성 앞에 무릎을 꿇었다.

"제게 베풀어주신 은혜를 어찌 쉽게 잊겠습니까?"

적호는 최선을 다해 연기하고 있었다. 공연은 끝났지만 여전히 적호는 무대 위에 있었다.

백무성이 꾸짖듯 말했다.

"하지만 내가 막아서지 않았다면 자넨 이대로 사매를 찾아갔겠지."

적호는 그에 대해 부정하지 않았다.

"죄송합니다."

백무성이 가볍게 한숨을 내쉬었다.

"자넬 이해하네. 명령에 살고 명령에 죽는 자네들이 아닌가?"

"하지만 한 가지는 알아주셨으면 합니다."

"뭘 말인가?"

"이 증거를 가지고 그냥 삼공녀께 가려 하지 않았습니다."

석실비화 189

"무슨 뜻이지?"

"배후를 사악련으로 위조해서 가져다주려 했습니다. 진심입니다."

그 말은 진심이었기에 적호의 눈빛에 진실이 담겼다.

백무성이 고개를 끄덕이며 멀리 있던 진충을 손짓해 불렀다.

진충이 그들에게로 달려왔다.

"준비한 것 전부 내어주게."

"전부 말씀입니까?"

잠시 망설이는 기색으로 진충이 품에서 봉투 하나를 꺼내서 적호에게 건넸다.

"열어보게."

적호가 봉투를 열었다.

그곳에는 만 냥짜리 전표 다섯 장이 들어 있었다.

적호가 깜짝 놀랐다. 설마 대공자가 오만 냥을 줄지 몰랐던 것이다. 오히려 너무 큰돈이라서 부담스러웠다.

진충의 반응으로 볼 때 아마도 처음에는 오륙천 냥, 많으면 일만 냥 정도 줄 생각이었는데, 주화인이 오만 냥을 주었다는 말에 생각이 바뀐 듯 보였다.

"너무 큰돈입니다. 받을 수 없습니다!"

백무성이 웃으며 말했다.

"괜찮네."

적호가 한 번 더 사양했지만 백무성은 강경했다.
"내 성의를 무시할 텐가?"
결국 적호가 돈을 받았다.
돈을 받자마자 품에서 증거를 꺼내 백무성에게 건넸다.
"여기 있습니다."
봉투 안을 확인하지도 않고 백무성이 품 안에 넣었다.
"한 가지 여쭙고 싶은 것이 있습니다."
"뭔가?"
"흑연사의 배신을 예상하지 못했습니까?"
백무성이 미소를 지었다.
"했네."
"왜 그냥 두셨습니까?"
"이렇게 되리라 예상했거든."
"……!"
"그들을 우리가 처리했다면 반드시 행적이 남았겠지. 사매는 그것을 알아냈을 것이고."
 근래 주화인의 모든 정보력이 백무성에게 집중되어 있었다. 흑연사와 같은 조직을 없애는 일을 했다가는 당연히 주화인에게 꼬리를 밟혔을 것이다.
 결국 백무성은 주화인이 적호에게 이번 일을 맡길 줄 알았고, 그리고 적호가 이번 일을 해결해 낼 줄 확신하고 있었던 것이다.

위험을 감수하며 적호를 감시할 필요도 없었다. 단지 흑연사를 감시하면 되었을 뿐이다.

이것이 바로 백무성의 정치이자 지략이었다.

"그럼 몸조리 잘하게."

백무성과 수하들이 모두 그곳을 떠났다. 목적을 이룬 그는 조금도 망설이지 않았다.

그의 속내가 어떻든 자신에게 오만 냥을 흔쾌히 내놓는 그의 배포에 감탄했다. 삼공녀도, 대공자도 정말이지 만만한 이들이 아니었다.

스르륵, 그곳으로 연이 모습을 드러냈다.

"증거를 건네주신 겁니까?"

"어쩔 수 없었어."

"이제 어떻게 할 작정이십니까?"

"글쎄."

적호가 가볍게 한숨을 내쉬었다. 백무성의 등장은 예상치 못한 일이었다.

"이대로라면 삼공녀는 곤경에서 벗어날 수 없을 겁니다."

그게 문제가 아니었다.

이번 일을 해내지 못하면 그녀는 서현이를 죽이러 사람을 보낼 것이다. 그것이 한 명이든, 천 명이든 절대 적호가 바라는 바가 아니었다. 설령 사부님이 그들 모두를 막아내신다 해도, 사부님의 검에 쓸데없는 피를 묻히게 하고 싶지 않았다. 절대로!

결국 다른 방법을 써서라도 그녀를 수렁에서 건져 내야 했다.
"그녀를 구할 방법을 다시 찾아야 해. 그것도 내가 했다는 것을 감춘 채."
"쉽지 않은 일입니다."
적호가 고개를 끄덕였다. 하지만 어떻게든 해내야 할 일이기도 했다.
"증거를 가져갔으니 백공자는 당분간 나를 잊겠군."
"그렇겠지요."
움직임이 편해진 것만 해도 그나마 다행스런 일이었다.
"그를 찾아야 해."
"누구 말입니까?"
"흑천은 이번 일을 누군가에게 재청부했어."
"다시 물어보려 해도 이미 흑천과 흑연사는 강호에서 자취를 감췄을 겁니다."
"우리 힘으로 찾아야지."
"어떻게요? 저흰 시간이 없습니다."
적호가 저 멀리 눈치를 살피고 서 있던 마부를 손짓해 불렀다.
"일단 그를 다시 만나야겠어."

* * *

그는 의외로 먼저 약속 장소에 도착해 있었다.

적호가 만나기로 한 사람은 추견이었다. 그가 심사영이 죽은 석굴 앞에서 기다리고 있었다.

"와주었군."

"누가 부르신 건데."

말은 비꼬는 것 같았지만 표정은 전혀 그렇지 않았다. 그는 적호에게 호감을 가지고 있었다. 그렇지 않다면 절대 이곳에 나오지 않았을 것이다.

도천에 의해 대대적인 조사를 마친 그곳은 폐쇄되어 있었다.

"무슨 일로 날 불렀지?"

"한 가지 알아봐 줬으면 해서."

"뭐지?"

"일단 들어가지."

적호가 앞장서 걸었다. 잠시 걸음을 옮기던 적호가 입구를 돌아보았다. 그곳에 서서 망설이던 추견이 그제야 걸음을 옮겼다.

"할 수 없군."

별로 들어가고 싶지 않은 모양이었다.

"기관이 튀어나오는 동굴 따윈 딱 질색이라고."

"이미 다 해체되었으니 걱정하지 말게."

"놓친 것이 있을 수도 있지."

그는 적호와 멀찌감치 떨어져서 걸었다.
주위를 둘러보던 그가 고개를 내저었다.
"한데 너무 대충 만들었군."
그 말에 적호가 발걸음을 멈췄다.
"그렇게 생각하나?"
"석굴 자체는 괜찮아. 입구 쪽에 야명주 조각을 박아 넣어서 제법 그럴듯한 분위기를 만들었지만 저길 보라고."
추견이 바닥에 튀어 올라 있는 창살을 가리켰다.
"그야말로 구색만 갖춘 기관이지 않나? 만약 나였다면 저게 튀어나온 순간 되돌아 나갔을 거네. 진짜 독야행의 무덤에 저런 하급 기관이 설치되어 있을 리 없을 테니까."
"시간 차로 올라온 기관이었다네."
"시간 차? 웃기는 소리! 반응 속도가 느렸던 것이네."
추견은 기관진식에 있어 깊은 조예를 지니고 있었다. 게다가 추종술의 달인인 그는 주위 사물을 파악하는 능력이 보통 사람과 남달랐다.
적호의 눈빛이 반짝였다.
"기관들이 보기완 다르게 하급이란 말이지?"
"보기에노 그렇구먼."
여전히 야박한 평가를 내린 추견이 다시 물었다.
"그런데 날 이곳에 데려온 이유가 뭐지?"
"한 번 둘러봐 줬으면 해서."

석실비화 195

"왜?"

"방금 전의 그런 말을 듣고 싶어서."

적호는 그가 이곳에서 새로운 단서를 찾아내 주길 바랐다. 새로운 증거를 찾아낼 수 있는 유일한 곳이 이곳이었다.

이윽고 두 사람이 시체가 발견된 마지막 석실 앞에 도착했다. 단호풍이 죽어 있던 자리에 피가 말라붙은 흔적이 남아 있었다.

이미 말라붙은 것임에도 피 냄새가 지독하게 느껴졌는지 추견이 인상을 찡그렸다.

추견이 천장에서 내려온 기다란 검을 살피며 고개를 갸웃했다.

"그를 죽인 기관이 이것이지?"

"그런 것 같군."

"이곳까지 들어와서 이 기관에 죽었단 말인가?"

단호풍의 죽음에 대해 깊이 생각해 보지 못했다. 모두들 심사영의 죽음에 주목했으니까. 지금 생각해 보니 뭔가 의심스런 점이 있었다.

두 사람이 심사영이 죽어 있던 석실로 들어갔다.

"시체가 어떻게 있던가?"

적호가 망설이지 않고 심사영이 쓰러져 있던 모습 그대로 자세를 잡았다.

계단에 앉은 채 고개를 숙인 모습 그대로였다.

"잠깐만 그대로 있게."

추견이 코를 킁킁대며 방 안을 살폈다. 잠시 그렇게 방 안을 살피던 추견이 다시 물었다.

"정말 그 자세였나?"

"그랬네."

추견이 고개를 갸웃했다.

"이상하군. 아, 이제 일어나게."

적호가 자리에서 일어나며 물었다.

"뭐가 이상한가?"

"심사영을 죽인 기관은 바로 이것이네."

방 가운데 아래로 내려와 있는 검이 있었다. 단호풍을 죽인 것과 비슷한 구조의 기관이었다.

"여기서 치명상을 당하고 그는 이리로 기어왔을 것이네."

"그렇겠지."

추견이 바닥에 누워 마치 부상을 당한 심사영처럼 바닥을 기었다.

"이렇게, 이렇게 저쪽으로 기었겠지."

추견이 바닥에 남은 혈흔을 따라 계단에 도착했다. 그가 심사영이 그랬던 것처럼 억지로 기어서 계단에 기댔다.

"여길 보게."

추견이 계단 끝을 가리켰다.

"저기 바닥에는 기는 방식에 따라 그 흔적이 남지 않을 수 있지. 하지만 이곳은 다르지. 부상당한 몸으로 여길 짚지 않고 이곳으로 올라올 수는 없었을 테니까."

"아! 손자국!"

추견이 미소를 지었다.

"맞아, 바로 그거야. 손자국이 전혀 없어."

"그 말은?"

"누군가 그를 이리로 옮겼다는 거지. 저 바닥에 끌린 자국은 위조된 것이지. 그는 이미 죽은 상태로 끌려온 것이지."

그리고 보니 밖의 단호풍 역시 기관에서 조금 떨어진 곳에 쓰러져 있었는데, 기관과 시체가 발견된 중간에 핏자국이 전혀 없었다.

"이곳에 제삼자가 있었다?"

적호의 눈빛이 반짝였다.

"확실해."

추견이 고개를 끄덕이며 방 안을 살폈다. 그가 시체가 발견된 반대쪽 방향으로 걸어갔다.

"어차피 그쪽은 다들 샅샅이 살폈을 테니까."

그쪽 바닥을 꼼꼼히 살피던 그가 무엇인가를 발견했다.

"여길 보게."

그가 바닥에서 무엇인가를 발견했다.

"이것이 무엇인 것 같나?"

주위의 색과 미세하게 다른 부분이 있었는데, 모두 넷이었다.

적호의 두 눈이 예리하게 빛났다.
"이곳에 탁자가 놓여 있었군."
"맞네. 바로 그렇지."
적호가 마음으로 하나의 광경을 떠올렸다.
탁자 위에 독야행의 비급이 놓여 있고 그곳으로 기쁨에 찬 심사영이 뛰어오는 모습을.
왜 이곳에 탁자가 놓여 있었고, 또 지금은 치워졌을까?
적호가 탁자가 있었던 것으로 추측되는 뒤쪽 벽으로 걸어갔다. 천천히 벽을 살피던 적호가 무엇인가를 발견했다.
"여기군."
그곳에 자세히 살피지 않으면 발견할 수 없는 아주 작은 구멍이 뚫려 있었다.
"진짜 암기가 발사된 곳은 바로 이곳이네. 이 방의 구조가 저쪽이 중심처럼 꾸며져 있어서 모두가 속은 것이지. 살인이 저쪽에서 이뤄졌으니 이쪽은 자세히 살필 필요가 없었던 거지."
"왜 이곳에서 그들을 죽였지?"
적호의 마음에 다시 앞서의 광경이 이어졌다.
기뻐 날뛰는 심사영 뒤로 단호풍이 걸어오는 모습이 그려졌다. 그 역시 평소보다 흥분해 있었을 것이고 모든 기관을 지나왔다는 생각에 방심하고 있었을 것이다.
심사영이 비급을 들며 기뻐 날뛰는 모습이 이어졌다.

그를 보며 단호풍이 방심하던 그 순간, 구멍에서 암기가 날아가는 모습이 그려졌다.

너무나 빠르고 가까워서 그는 피할 수 없었을 것이다. 목을 부여 쥐고 쓰러지는 단호풍의 모습과 그가 쓰러진 줄도 모르는 심사영의 모습이 그려졌다. 단호풍이 죽은 이상 심사영을 해치우는 것은 일도 아니었을 것이다.

적호가 이제 모든 것을 알았다는 표정을 지었다.

"급조한 기관으론 도천주의 아들을 죽일 순 있어도, 그를 호위하던 단호풍을 죽일 수는 없었던 거지. 하지만 두 사람은 반드시 이곳에서 기관에 의해 죽은 것이 되어야 했지. 우연히 휘말린 것이 되어야 했으니까. 그래서 이곳에 이런 속임수를 만들어둔 것이네. 독야행의 비급이라면 충분한 함정이 되어주었을 거야. 물론 그 역시도 가짜였겠지만."

"난 여전히 이해할 수 없네. 굳이 그들이 이곳에서 기관에 의해 죽었음을 위장해야 하는 이유를."

적호는 대답 대신 희미한 미소만 지었다. 주화인을 함정에 빠뜨리기 위한 백무성의 음모기 때문이란 말을 그에게 할 순 없었다.

적호가 구멍 주위를 조심스럽게 살폈다.

철컹!

구멍이 있던 벽이 열렸다. 뒤쪽 공간으로 작은 통로가 있었다.

적호가 통로로 걸어나가자 추견이 그 뒤를 따랐다.
"헛!"
뒤따르던 추견이 인상을 찡그렸다.
이젠 그가 어떨 때 저런 표정을 짓는지 적호는 잘 알았다. 그가 피 냄새를 맡은 것이다.
적호가 참혼을 뽑아 든 채 조심스럽게 발걸음을 옮겼다.
통로는 밖으로 이어져 있었는데, 그 끝에서 한 구의 시체를 발견했다.
시체 옆에 놓인 퉁소를 살펴보던 추견이 말했다.
"백음소(白淫簫) 추패(秋狽)네. 암살로 이름을 떨치는 사파의 고수지."
적호가 시체의 품을 뒤졌다.
그곳에서 한 장의 종이를 발견했다. 종이를 읽어 내려가던 적호의 표정이 밝아졌다. 거기에는 이번 일에 대한 전반적인 계획들이 한가득 적혀 있었다. 특히 단호풍과 심사영에 대한 직접적인 언급도 되어 있었다.
"이것이면 충분해!"
두 사람이 우연히 이곳에 들어와서 죽게 된 것이 아니란 충분한 증거가 될 수 있는 것이다. 거기에 이곳에서 발견한 여러 정황들과 시체를 다시 정밀하게 재검시한다면 두 사람의 죽음이 의도된 것으로 밝혀질 것이다.
추견이 눈을 가늘게 뜨고 말했다.

"한데 이자는 왜 여기서 죽어 있는 것일까?"

적호는 그가 대공자에게 살인멸구당했다고 생각했다. 역시 그에 대해서는 아무런 언급도 하지 않았다. 시체를 남겨둔 것이 마음에 걸렸지만, 강호의 모든 암살자들이 자신들처럼 완벽하게 뒤처리를 하는 것은 아니라 생각했다.

적호가 벽의 장치를 건들자 문이 열렸다. 비밀 통로는 뒷산으로 이어져 있었다.

두 사람이 밖으로 나왔다.

적호가 추견에게 감사의 말을 전했다.

"고맙네. 이 은혜는 잊지 않겠네."

"은혜는 무슨! 살다 보면 나도 난처한 일이 있겠지. 그때 도와주겠지?"

"물론이지."

두 사람이 마주 보며 웃었다.

추견이 아니었다면 오늘 이곳에서 이러한 증거를 찾아내지 못했을 것이다. 그가 너무나 고마웠다.

"그럼 난 이만 가보겠네."

추견이 그곳을 떠나자 적호도 뒤이어 그곳을 벗어났다.

第六十七章
위기일발

절대
강호

적호가 산을 내려오기 위해 비탈길을 막 돌아섰을 때였다.
"잠시 나 좀 보세."
바로 뒤에서 들려온 말에 적호는 심장이 철렁 내려앉았다.
적호가 천천히 뒤로 돌아섰다.
몇 걸음 떨어진 곳에 노인 하나가 서 있었다. 이렇게 가까이 다가올 때까지 적호가 몰랐다는 것이 그의 실력을 단적으로 말해주고 있었다.

그는 바로 사악련주 능풍비였다.

적호의 눈에 비친 그는 천아성과 비슷한 존재감을 드러내고 있었다. 기도 자체가 완전히 달라서 단적인 우열을 비교할 수는 없었다.

능풍비를 보는 순간 끝이 보이지 않는 거대한 산이 눈앞을 가로막은 기분이 들었기에 숨이 턱 막혔다.

능풍비가 나직이 말했다.

"인생에는 언제나 굴곡이 있는 법이지. 나아갈 때가 있으면 물러나야 할 때가 있고, 올라갈 때가 있음 내려와야 할 때도 있는 법이지."

적호가 침을 꿀꺽 삼켰다. 나지막한 말이었지만 엄청난 기운을 담고 있었다. 주위의 공기가 흔들렸고, 온몸이 벼락을 맞은 것처럼 짜릿했다. 상대의 기파가 주위를 점령하기 시작한 것이다.

그리고 그 기파에 담긴 음험한 기운은 분명 살의였다.

'날 죽이러 왔군!'

본능의 외침이었다. 무공을 숨기고 자시고 할 상대가 아니었다.

적호가 한 손에 차고 있던 반력환을 다른 손에 나눠 찼다. 그리고는 사방 공간을 잠식해 오는 능풍비의 기파에 대항해 자신의 기도를 활짝 열었다.

쇄아아아아앙!

적호의 몸에서 거대한 기운이 뿜어져 나갔다.

스스스스스!

두 사람의 기파가 허공에서 뒤섞였다.

푸드득!

나무 위에 있던 새들이 일제히 날아올랐고, 크고 작은 동물들이 모두 그곳을 빠져나가기 시작했다.

능풍비의 눈빛에 놀람이 깃들었다. 자신이 예상했던 것보다 몇 배는 더 대단한 기도였던 것이다.

능풍비가 물었다.

"자네는 인생의 굴곡에서 어디에 서 있는가?"

"언제나 절벽 끝을 걷는 기분으로 살아왔습니다. 그 절벽이 천장절벽쯤 되었는데 방금 만장절벽이 되었습니다."

적호가 정중히 대답했다. 상대가 누구냐를 떠나 충분히 존중받을 실력을 지니고 있었다.

적호를 응시하던 능풍비가 묘한 미소를 지었다.

"과연 그 사람이 고전한 이유가 있군."

그란 바로 종리문을 의미했다.

"누구신지 여쭤도 되겠습니까?"

"내가 사악련을 이끌고 있네."

예상한 대답이었다. 천아성에 맞먹는 존재감이 이미 스스로를 밝힌 상태였다.

살면서 가장 만나기 싫었던 사람이 눈앞에 서 있었다. 그것도 자신을 죽이려는 마음을 품고. 출도 이래 최대의 위기가 찾아온 것이다.

"탁상공론이란 말은 이런 때 쓰는 거지. 이래서 직접 안 보면 모른다는 거지."

"저를 찾아오신 이유를 여쭤도 되겠습니까?"

"이유야 여럿 있지."

능풍비가 대수롭지 않게 물었다.

"사도를 죽인 것도 자네지?"

적호는 아무 대답도 하지 않았다. 침묵이 긍정이 되는 순간이지만, 어설픈 거짓말이 통할 상대가 아니었다.

"우리에게 매수된 것도 거짓이지? 자네 정도의 아이가 매수 따월 당할 리가 없지. 예전에 멸천단주를 죽인 것도, 일전에 철혈대로를 죽인 것도 자네지? 또 다른 이유가 필요한가?"

적호는 아무 대답도 하지 못했다. 이렇게 듣고 보니, 사악련 살생부의 제일 윗줄에 이름이 올랐다 해도 전혀 이상하지 않았다.

이번에는 능풍비가 물었다.

"신군맹주, 그 사람을 만나본 적이 있나?"

적호가 묵묵히 고개를 끄덕였다.

"허허, 자네 실력을 알고도 이렇게 키워준다? 역시 대단한 사람이야."

능풍비가 예리한 눈빛을 발했다.

"하지만 난 그런 사람이 아니라네. 내 화원에서 키울 꽃이 아니라면 싹을 보는 순간 뽑아버리지. 난 밟지도 않는다네. 어설프게 밟았다간 더 강하게 크거든."

능풍비의 기도가 천천히 바뀌었다.

"살려두기에는 자네, 너무 뛰어나군. 너무 뛰어나서 이용할 수도 없고."

능풍비가 본격적으로 살기를 일으키자 적호의 가슴이 격동했다.

적호는 그 어떤 수를 써도 능풍비를 이길 수 없음을 직감했다. 상대는 그 명백한 실력 차이를 줄일 그 어떤 변수도 허용하지 않을 늙은 생강 중에서도 가장 매운 생강이었다. 차마 입에 가져갈 생각조차 들지 않게 만드는.

죽음이 성큼 다가왔음이 느껴졌고 절망감이 밀려들었다.

'서현아.'

공포심보단 회한이었다.

'사부님.'

두 사람의 얼굴이 떠올랐다. 죽는다는 무서움보다 그들을 다시 볼 수 없다는 안타까움이었다. 약해져선 안 되는데, 마음이 약해졌다. 의지로 막을 수 없었다.

"부탁 하나만 해도 되겠습니까?"

"뭔가?"

"제 비선은 살려주십시오."

"그녀를 아끼는군."

이미 능풍비는 연이 은신해 있다는 것도 알았고, 여인이란 것까지도 알고 있었다.

"정이 많이 들었으니까요."

"그녀는 죄가 없지."

능풍비의 마음이 변할까 말이 떨어지기가 무섭게 적호가 소리쳤다.

"연! 여기서 당장 나가!"

하지만 연의 기척은 멀어지지 않았다.

능풍비가 씩 웃었다.

"그녀가 망설이는군. 정말 서로 정이 많이 들었군."

적호가 다시 무섭게 소리쳤다.

"가!"

적호의 한마디에 분노가 실렸다. 그제야 연의 기운이 멀어졌다.

연이 어떤 마음으로 물러났는지 적호는 잘 알고 있었다. 멀리 떠나지 못한 채 마음을 졸이고 있을 것이다.

일단 그녀를 멀리 보내자 마음이 조금 가벼워졌다.

이제 문제는 자신이었다.

능풍비는 여유로운 표정이었다. 무릎을 꿇고 빌면 어쩌면 살려줄지도 모를 그런 강자의 느긋함.

하지만 적호는 안다. 이 같은 고수들이 겉보기에는 일견 부드럽고 인자하게 느껴지기도 하지만 그건 하수들의 큰 착각이란 것을.

진짜 고수들의 의지는 강철이다. 죽이고자 마음을 먹었다면 그는 반드시 자신을 죽일 것이다.

적호는 천아성이 되어 훈련하던 그때를 떠올렸다. 이제 훈련이 아니라 실전이었다. 천아성이 되어야만 했다. 그만큼 강해져야 했다. 그나마 혈도탈태를 하지 않았다면 일말의 희망도 없는 상대였다.

적호는 능풍비를 응시하고 있었다.

하지만 적호의 마음은 그의 뒤쪽에 있는 깎아지른 듯한 절벽에 가 있었다. 절벽 아래로 급류가 흐르고 있었다. 그곳으로 뛰어내릴 수만 있다면 어쩌면 달아날 기회가 있을 수도 있었다.

그때 능풍비가 불쑥 말했다.

"그건 쉽지 않을 것이네."

그리고는 뒤쪽 절벽을 힐끗 쳐다보았다. 마치 마음을 읽어낸 것 같은 행동에 적호가 깜짝 놀랐다.

이내 적호는 그가 어떻게 자신의 마음을 읽어냈는지 알 수 있었다. 정말이지 자신조차 인식하지 못할 정도로 아주 미세하게 눈동자가 그쪽을 향했던 것이다.

적호는 가슴이 서늘했다. 그만큼 상대의 눈썰미가 대단하다는 것이다. 앞서 혹천도 자신의 눈썰미에 이렇게 놀랐을 것이나. 그가 얼마나 무기력한 심정이었는지 새삼 실감이 났다. 하지만 언제까지 감탄만 하고 있을 수는 없었다.

심호흡을 크게 하고선 적호가 참혼을 뽑아 들었다.

스릉!

검집에서 뽑혀 나옴과 동시에 참혼이 길게 울었다.

징—

지금까지 보지 못했던 아주 깊고 비장한 울음이었다. 참혼은 적호의 심정을 대변하고 있었다.

적호가 모든 내력을 끌어올렸다.

후아아아악!

적호의 기도가 사방으로 퍼져 나갔다. 출도 이후 이렇게 스스로를 아낌없이 보여주는 것은 지금이 처음이었다.

능풍비는 진심으로 감탄했다.

"정말이지 대단하구나!"

쇄애애액!

적호가 먼저 움직였다. 바람 소리가 들리는 순간, 이미 적호는 능풍비의 정면에서 검을 내지르고 있었다. 자신이 낼 수 있는 최고의 속도였다.

능풍비가 몸을 비틀어 피했다. 너무 빨랐기에 능풍비의 움직임을 정확히 보지 못했지만, 느낌상 그는 분명 여유가 있었다. 생각하고 움직일 상대가 아니었다.

쉭쉭쉭쉭!

참혼이 연이어 허공을 갈랐다. 적호는 모든 공격을 본능에 맡겼다.

능풍비의 몸이 좌우로 흔들렸다. 능풍비는 검을 스치듯 피했다. 쓸데없는 움직임이 최소화된 보법이었고, 그건 자신감의 발로였다.

아직 능풍비는 반격하지 않았다. 절대자의 여유가 발휘되고 있을 이때, 아직은 기회가 있었다.

쉭! 쉭! 쉭!

절정고수 셋의 목이 잘렸을, 세 번의 공격이 헛되이 무산되었다.

쉭!

네 번째 공격을 하던 적호가 몸을 비틀며 뒤로 물러섰다.

능풍비가 자신의 팔목을 낚아채려는 것을 간신히 피한 것이다.

쥐를 놓친 고양이처럼 능풍비가 멋쩍게 웃었다.

반면 적호의 마음이 급해졌다. 능풍비가 슬슬 움직이기 시작한 것이다. 벌써 지루해졌든, 자신의 공격에 위기감을 느꼈든 좋은 상황이 아니었다.

수라팔절을 펼쳐야 할 때가 된 것이다.

적호의 기도가 다시 달라지자 능풍비의 눈이 가늘어졌다.

"정말이지 데려다 제자로라도 삼고 싶은……."

능풍비의 말이 채 끝나기도 전에 참혼이 내질러졌다.

쇄애애액!

수라일절 등활탄이 기습적으로 펼쳐진 것이다.

차고 뜨거운 두 개의 기운이 구불거리며 능풍비를 덮쳐 갔다.

능풍비가 쌍장을 동시에 내질렀다.

쫘아앙!

한 수에 등활탄이 해소되며 사라졌다.

물론 적호는 그 결과를 기다리고 있지 않았다.

능풍비의 발밑에서 검은 검기가 솟아올랐고, 일곱 개로 분리된 적호의 검에서 일제히 검강이 날아갔다.

수라이절 흑승류와 수라삼절 중합인이 연이어 펼쳐진 것이다.

콰콰콰콰콰!

땅거죽이 뒤집히고 일곱 개의 구멍이 뚫렸다.

그리고 능풍비는 허공에 떠 있었다.

연이어 날아든 흑승류와 중합인을 피해내는 것은, 그것도 허공으로 날아올라 피하는 것은 불가능했다. 아니, 지금까지 적호는 그렇다고 생각해 왔다. 이절과 삼절은 공격을 피하기 위해 허공으로 날아오른 상대에게 더욱 강력한 위력을 발휘했으니까.

하지만 능풍비는 마치 수라팔절의 파훼법이라도 익히고 온 사람처럼 능숙하게 공격을 피해냈다.

절대 존재하지 않을 것 같은 공간을 파고들며, 십여 가닥의 강기 사이를 빠져나온 것이다.

물론 능풍비의 표정에서 웃음기는 사라진 후였다.

그조차도 아차 방심하면 당하겠다는 생각이 들 정도로 강력한 공격이었던 것이다. 제일 첫 수 등활탄을 해소했을 때, 근래 들어 처음으로 충격에 팔이 짜릿해져 옴을 느꼈다.

다음 순간!

끼이이이이이잉!

귀를 찢는 울음소리가 터져 나왔다.

수라사절 호규참이 발출된 것이다.

"하아아압!"

그와 동시에 터져 나온 것은 능풍비의 사자후(獅子吼)였다. 원래라면 능풍비의 고막을 찢었을 호규참이 사자후와 충돌하며 해소되었다.

호규참을 해소한 것이 대단한 것이 아니었다. 처음 대하는 호규참을 해소하는 방법으로 사자후를 택한 그 선택이 대단한 것이었다. 그야말로 최선의 선택을 최고의 방법으로 최대한 빨리 행동한 것이다.

'정말 대단하군!'

능풍비는 진심으로 감탄했다. 적호의 실력도 실력이지만 무공 자체가 대단했다. 정말이지 천아성의 무공이라 해도 믿을 수 있을 정도로 수준 높은 극상승의 무공이었다.

적호의 공격은 계속되고 있었다.

사방으로 엄청난 압력이 능풍비의 전신을 압박했다. 비명만을 내지르나 벌한다는 바로 수라오절 대규멸이었다.

능풍비가 호신강기를 끌어올리며 두 팔을 좌우로 펼쳤다.

콰아아아앙!

엄청난 내력에 주위가 휩쓸려 날아갔다. 나무고 바위고 모두 가루가 되어 사라졌다.
 적호의 눈빛이 이글거리고 있었다. 이렇게 극한의 내력으로 수라팔절을 펼친 것은 이번이 처음이었다. 혈도탈태 덕분에 내공이 부족하거나 진기가 충돌하는 일은 없었다.
 그야말로 적호는 혼신을 다한 공격을 퍼붓고 있었다. 능풍비가 막아내는 것은 내공의 양이 많아서가 아니었다. 그 깊이가 더 깊어서였다. 내공의 양만으로는 이미 천아성이나 능풍비에 육박한 적호였다.
 번쩍!
 참혼이 허공을 갈랐다.
 수라육절 염열파가 능풍비를 강타했다.
 처음으로 적호의 공격이 능풍비의 몸에 닿은 것이다.
 내장을 녹이고 온몸을 태워 버리는 염열파였다.
 치이이이익.
 능풍비의 옷자락에서 타는 냄새가 났다.
 하지만 그뿐이었다.
 능풍비는 여전히 건재했다. 하지만 그의 두 눈은 놀람으로 가득 차 있었다.
 만약 상대가 십 년을 더 수련을 한 상태라면? 아니, 오 년이라도.
 능풍비는 적호의 공격을 지금처럼 확실히 막아낼 수 있으리라 확신할 수 없었다.

그 짧은 생각이 스치던 그때.

이미 수라칠절 극열무가 발출되었다.

시퍼런 불꽃이 화살이 되어 능풍비를 향해 쇄도했다.

그 순간 적호는 보았다, 능풍비가 순간 움찔하며 검을 뽑을 뻔했다는 것을.

하지만 능풍비는 끝내 검을 뽑지 않았다.

오른 주먹을 내질렀다.

꽈아아아앙!

그의 권력에 불꽃의 강기가 사방으로 터져 나갔다.

하지만 능풍비도 무사하진 못했다.

주르르르륵!

그 충격을 감당하지 못하고 그가 뒤로 밀린 것이다.

쉬이이익!

적호가 그를 향해 쇄도했다.

언젠가를 위해 수라팔절은 사용하지 않았다. 수라팔절을 사용해도 그를 죽일 수 없다고 확신했다. 그렇다면 마지막 한 수까지 모두 보여줄 필요는 없다고 판단했다.

그 대신!

적호가 그와의 싸움을 시작하며 마음속에 그렸던 하나의 장면.

그 그림의 마지막을 완성하기 위해 벼락처럼 빠르게 능풍비를 향해 쇄도했다.

위기일발

쇄애애애애애애액!

검을 앞으로 내지른 채 날아가던 적호가 몸을 비틀어 방향을 바꾸며 검을 검집으로 회수했다.

능풍비가 당황했다. 적호가 검을 회수할 줄 몰랐던 것이다.

허공에서 빠르게 한 바퀴 회전한 적호가 다시 두 손을 쭉 내뻗었다.

그 손끝에서 무영십삼수의 정수가 펼쳐지려던 그 순간.

성ㅡ!

한줄기 바람 소리가 들렸다.

경쾌하고 빠른, 그리고 강력한.

서걱!

살이 베이는 끔찍한 소리.

잠시 시간이 멈춘 듯 주위 풍경이 느리게 흘렀다.

허공에 뜬 적호의 가슴이 길게 갈라지며 피가 쏟아져 나왔다.

능풍비의 손에 어느새 검이 들려 있었다.

적호의 가슴을 갈랐지만 능풍비의 표정은 여전히 어두웠다. 검을 뽑은 것은 상대의 압박을 견디지 못했기 때문이다.

적호가 내밀어온 맨손이 주는 압박감이 그에게서 검을 뽑게 만든 것이다. 그건… 능풍비에게 있어 패배였다.

허공에 뜬 적호와 능풍비의 눈빛이 마주쳤다.

초점을 잃어가는 적호의 눈빛에 능풍비가 이를 바득 갈았다.

다음 순간, 다시 원래대로 시간이 흐르기 시작했다.

"크윽!"

외마디 비명과 함께 적호는 그대로 날아가 절벽 아래로 추락했다.

한 점이 되어 떨어지던 적호가 급류 속으로 사라졌다.

절벽 아래를 내려다보는 능풍비의 눈빛은 더없이 차가웠다.

"빌어먹을!"

하필이면 둘이 싸우기 전 그곳으로 달아나는 것은 어렵다고 자신한 그 절벽 아래로 적호가 떨어진 것이다. 물론 달아난 것은 아니었지만.

곧이어 그곳으로 종리문이 걸어 들어왔다.

"제가 그를 잘못 판단해도 한참 잘못 판단하고 있었군요."

능풍비는 아무 대답도 하지 않은 채 급류만 내려다보고 있었다.

"지금이라도 걸림돌을 치워 버렸으니 다행입니다."

그때 능풍비가 고개를 저었다.

"애들 보내서 시체를 확인하게."

"네?"

종리문이 깜짝 놀라 급류를 내려다보았다. 능풍비를 모신 이후 가장 믿기 어려운 말이었다. 잘못 들었다고 생각했다.

하지만 아니었다. 애매한 눈빛으로 능풍비가 나직이 말한 것이다.

위기일발 219

"돌을 확실히 뽑아냈는지 확신이 안 서네."

* * *

"적호님! 제발 정신 차리세요!"

연이 애타게 적호를 흔들고 있었다.

물살에 흘러 내려가는 적호를 어떻게 찾았고, 그를 안고 어떻게 헤엄쳤으며, 이곳 강변으론 어떻게 올라왔는지 연은 기억나지 않았다. 그저 적호를 구해야 한다는 생각뿐이었다.

다행히 적호를 건져 냈지만 적호는 정신을 차리지 못했다.

"제발! 제발! 적호님!"

연의 눈에서 눈물이 끊임없이 흘러내렸다.

"안 돼요! 죽지 마세요!"

연이 적호를 끌어안았다. 적호의 몸은 차갑게 식어가고 있었다.

혈도를 짚어 출혈을 막았지만, 상처가 깊어 피가 새어 나오고 있었다. 아까부터 쉬지 않고 내력을 주입했지만 아무 소용이 없었다.

"제발! 안 돼요!"

만약 이대로 적호가 죽는다면? 상상도 하기 싫었다.

"이대로 가시면 저도 죽어요!"

연의 진심이었다. 이렇게 적호를 보낸 채 혼자 살아가진 않을 것이다.

"일어나세요! 현이를 생각해야죠! 제발!"

바로 그때였다.

꿈틀.

등 뒤로 적호의 손길이 느껴졌다.

"적호님!"

연이 깜짝 놀라 적호를 내려다보았다.

적호가 천천히 눈을 뜨고 있었다.

"허어어억!"

적호가 긴 숨을 몰아 내쉬었다. 숨결에 피 냄새가 섞여 올라오고 있었다. 내상이 심각하다는 뜻이었다.

"적호님!"

"…연."

적호가 힘겹게 입을 열었다.

"나 좀 일으켜 줘."

연이 조심스럽게 적호를 부축해서 앉혔다. 그리고 서둘러 품에서 내상약을 꺼내 적호에게 복용시키려 했지만 그것을 삼키지 못했다. 상처가 너무 깊어 운기조식도 할 수 없었다.

"…넌 괜찮아, 연."

적호는 의도적으로 능풍비에게 검을 뽑게 만들었다.

모든 것이 계산된 상황이었다.

적호는 정상적인 방법으론 절대 그를 이길 수 없다는 것을

위기일발 221

알고 있었다.

그리고 그때, 그의 머릿속에 한 가지 물건이 떠올랐다.

바로 은형보갑이었다.

극한으로 끌어올린 자신의 호신강기와 은형보갑이라면, 어쩌면 그의 한 수를 견뎌낼 수 있을지 모르겠다는 생각을 한 것이다. 그리고 시체를 찾을 수 없도록 절벽으로 뛰어내려야 했다. 마지막에 그에게 쇄도한 것도 그런 이유 때문이었다.

그리고 그 모험은 성공했다. 치명적인 부상을 입었지만, 어쨌든 목숨은 구한 것이다.

검에 베이는 순간 적호는 자신을 베는 검 쪽으로 몸을 더욱 깊숙이 밀어 넣었다. 그래서 더욱 큰 상처가 났지만 반대로 검이 휘둘러지는 각을 줄여 몸이 양단되는 것을 막을 수 있었다.

앞서 천아성과의 비무가 없었다면 결코 해낼 수 없는 일이었다. 한마디로 같은 속력과 위력을 경험했기에 가능한 시도였다.

은형보갑은 길게 찢겨 있었다. 그것이 아니었다면 이미 적호는 죽었을 것이다. 다행히 은형보갑은 날카롭게 한 줄로만 찢겨서 정성들여 손질하면 계속 사용할 수 있을 것 같았다.

그때 연의 눈빛이 번쩍였다. 그녀가 바닥에 귀를 가져다 대었다. 멀리서 십여 명 이상이 이쪽으로 달려오고 있었다.

"추격자들이에요!"

더 깊게 생각할 여유가 없었다. 적호를 들쳐 업은 연이 달리기 시작했다.

적호는 그런 연의 행동을 거부하지 않았다. 자신을 두고 가란다고 두고 갈 연이 아니었기에 공연한 시간 낭비만 될 뿐이었다.

적호를 업은 그녀가 갈대숲 사이로 뛰어들었다.

"조금만 참아요, 적호님!"

그것은 자신에게 하는 말이기도 했다. 조금 전 확인한 추격자들의 보법이 보통이 아니었다. 분명 대단한 고수들이 틀림없었다.

자신이 죽는 것은 겁나지 않았다. 하지만 적호를 죽게 하고 싶지 않았다.

겁이 날 때면 언제나 자신에게 힘을 주던 적호였다. 이제 자신이 적호를 살려야 했다. 괜히 눈물이 나려 했지만 연은 억지로 참았다. 눈물이 앞을 가리면 달아나는 데 방해가 될 테니까. 자신에게 떠나가라고 소리치던 적호의 목소리가 귓가에 울렸다.

"절대 죽게 두지 않을 겁니다!"

그녀와 적호가 갈대숲 너머로 사라진 지 얼마 지나지 않아, 십여 명의 흑의인이 그곳에 내려섰다. 하나같이 대단한 기도의 고수들이었는데 그들은 바로 적호의 시체를 찾기 위해 보내진 사악련의 무인들이었다.

바닥을 살피던 사내 하나가 갈대숲을 가리켰다.

"저깁니다!"

그는 정확히 연이 사라진 방향을 찾아냈다.

순식간에 연이 사라진 방향을 찾아낸 그들이 몸을 날렸다.

그녀도 추격자도 바람처럼 빠르게 달렸다.

*   *   *

퍼억!

연의 턱이 돌아가며 허공을 붕 날았다.

바닥에 떨어지던 연이 몸을 비틀었다. 등에 업힌 적호가 다치지 않게 하기 위함이었다.

꽈당!

연이 바닥에 얼굴을 박았다. 연의 등에서 적호가 튕겨 나가며 바닥을 뒹굴었다.

연의 볼이 찢기며 상처가 났지만 그것을 돌볼 틈이 없었다. 연이 빠르게 바닥을 기어서 적호 앞을 막아섰다.

그에 비해 추격자들은 여유로웠다. 그녀를 걷어찬 흑의사내가 천천히 걸어나오며 차갑게 말했다.

"망할 년! 여기까지다!"

적호를 다시 업으며 뒤로 달아나려던 연이 흠칫 멈춰 섰다.

뒤에서도, 좌측에서도, 우측에서도 사내들이 모습을 드러낸 것이다.

십여 명의 고수가 그녀를 완전히 포위했다. 그들은 모두 절정을 앞둔 일류고수들이었다. 일류 중에서도 일류였다.

첫 행적이 발각되고 사흘이 지난 후였다.

뒤따르던 흑의사내들은 정말이지 이렇게 오랫동안, 또 멀리까지 추적을 했어야 할지 꿈에도 생각지 못했다.

하지만 달아나는 연은 쉽게 잡히지 않았다. 자신들의 집요한 추적을 상대는 정말이지 처절하게 달아났다. 적이지만 존경스럽다는 생각이 들 정도였다.

연이 숨을 고르며 주위를 살폈다. 그녀는 마지막까지 희망을 놓지 않았다. 만약 자신 혼자였다면 지금보다 더욱 두려워하고 절망했을지 모르겠단 생각이 들었다.

하지만 등에는 정신을 잃은 적호가 업혀 있었다. 누군가를 지켜야 한다는 마음은 두려움을 몰아내었다. 그녀는 어떻게 해서라도 적호를 살리고 싶은 마음뿐이었다.

첫날에는 정신이 있던 적호가 이튿날부터 정신을 잃었다. 제대로 치료도 받지 못한 채 끝없이 쫓겼으니 죽지 않은 것이 다행이었다.

만약 상대가 실력만 좋은 추잡스런 파락호라면, 몸을 던져서라도 기회를 볼 수 있을 텐데.

정말이지 놀랍게도 연은 그런 생각까지 하고 있었다. 적호를 살릴 수 있다면 뭐든지 할 수 있었다.

하지만 상대는 아주 훈련이 잘된, 비정하리만큼 냉철한 사악련의 정예들이었다.

그들은 잠시의 노닥거림조차 허용하지 않았다.

"해치워라!"

수장사내의 명령에 연의 좌우에 있던 사내 둘이 천천히 접근해 왔다.

연이 적호를 조심스럽게 바닥에 눕힌 후, 양손에 비수를 꺼내 들었다.

그야말로 최악의 상황이었다. 기본적으로 연의 실력은 그들 개개인과 비슷했다. 실전과 무력은 떨어지지만 경공으로 그 약점을 보완했다.

한데 잘 봐줘야 동급인 적이 무려 열 명이었다. 게다가 그 열 명 중 수장사내는 그들보다 한 단계 위의 고수였다.

접근해 오는 사내들은 결코 방심하지 않았다. 좌우 양쪽에서 비슷한 거리를 두고 신중하게 접근해 왔다.

좌우를 번갈아 보며 연이 어금니를 악물었다.

쉬이익!

두 사내가 약속이나 한 듯 동시에 쇄도했다.

창! 창창!

연이 비수로 두 사람의 검을 연이어 쳐냈다. 하지만 첫 수에 비해 이어지는 그들의 공격은 매서웠다.

사악!

좌측 사내의 검이 연의 팔을 베었다. 피가 흘러내렸지만 상처를 돌볼 겨를이 없었다.

두 사람이 다시 쇄도한 것이다.

창창창!

사악!

이번에는 다시 그녀의 옆구리가 베였다.

연은 절망했다. 최선을 다했지만 두 사내의 합공을 감당할 수는 없었다.

'도저히 무리야.'

그녀가 힐끔 뒤에 누워 있는 적호를 내려다보았다.

'죄송해요, 적호님.'

그녀의 눈에 한 방울 눈물이 맺혔다.

'대신 저승에서는 제대로 모시겠습니다.'

연이 비수를 든 손에 힘을 주었다.

다시 두 사내가 덤벼들었다.

창창!

왼쪽 사내의 검을 간신히 쳐냈지만 등 뒤로 오른쪽 사내가 내지른 검의 서늘한 예기가 느껴졌다.

'이제 끝이군.'

연이 두 눈을 질끈 감았다.

푸우욱!

살이 찢기는 소리가 들렸다.

그런데… 아픔이 없었다.

연이 천천히 눈을 뜨고는 뒤로 고개를 돌렸다.

쇄아아악!

뒤에 선 사내의 목에서 피분수가 뿜어지고 있었다. 곧이어 사내가 옆으로 기울어지며 쓰러졌다.

그 뒤에 여인 하나가 서 있었다.

싱긋 미소 짓는 그녀는 바로 청사였다.

"안녕, 까칠한 비선 양?"

연의 얼굴이 환하게 밝아졌다. 정말이지 청사를 보고 자신이 이렇게 반가워할 날이 있을 줄 상상도 못했다.

"비공식적인 비선망을 통해 연락한 것은 좋은 선택이었어."

연이 첫 구조 요청을 한 것이 사흘 전이었다. 공식적인 연락망이 아니라 비공식적인 비선망을 통한 요청이었다.

공식적인 구조 요청은 아무리 빨리 처리된다 하더라도, 휘각을 통해서 내려오기 때문에 시간이 더 걸렸다. 게다가 이런저런 정치적인 일들이 얽히면 더욱 늦어지거나 아예 구조 요청이 무시될 수도 있었다.

그래서 연은 비공식적인 비선망을 통해 비선들에게 직접 연락을 취한 것이다.

물론 비공식적인 요청에는 단점도 있었다. 공식적인 명령이 아니었기에 귀병들이 도와주러 오지 않을 수도 있었다.

다행히 이번 도천의 일로 십이귀병들은 거의 대부분 신군맹 주위에 모여 있었다.

그리고 가장 가까이에 있던 청사가 먼저 도착한 것이다.

청사가 바닥에 정신을 잃은 채 쓰러져 있는 적호를 힐끔 쳐다보았다. 그녀의 눈빛에 살짝 걱정이 스쳤다. 적호의 이런 모습은 처음이었다.

"그는 괜찮아?"

"네!"

큰 소리로 대답했지만 연은 적호의 상세를 장담하지 못했다. 연이 재빨리 적호의 상태를 살폈다. 다행히 미약한 숨을 내쉬고 있었다.

연이 청사를 보며 고개를 끄덕였다.

그때 애초 연을 공격했던 또 다른 사내가 한 발 앞으로 슬쩍 움직였다.

청사가 그에게 검을 겨누며 버럭 소리쳤다.

"잡놈아! 꿈도 꾸지 마!"

사내가 청사의 욕설에 인상을 굳혔다. 그런 그에게 청사가 빠르게 쏟아부었다.

"약한 여자 하날 두고 사내새끼들이 우르르 모여서 뭐하는 짓이지? 기루 뒷골목에서 기녀 등쳐 먹는 개망나니 새끼들도 이러진 않겠다. 이 사악련 쌍것들아, 밑에 달린 거 다 잘라내!"

사내들의 인상이 일제히 굳어졌다.

하지만 섣불리 움직이지 않았다. 앞서 동료를 기습해 죽이는 한 수는 절대 만만한 실력이 아니었던 것이다. 그들 중 대부분은 그녀가 나타나기 전까지 그녀의 기습을 알아차리지 못했다. 기습임을 감안하더라도 적어도 자신들과 동수 내지는 고수란 뜻이었다.

가만히 듣고 있던 수장사내가 입을 열었다.

"이놈의 신군맹은 왜 이리 계집들이 설쳐 대지."

청사가 코웃음을 치며 대답했다.

"신군맹 남자들은 여잘 존중해 주거든. 믿어주고 밀어주고. 너희 사악련 잡종들은 좆질하고 싶을 때나 여잘 찾잖아!"

수장사내가 싸늘히 말했다.

"뭘 믿고 주둥이를 놀리는지 확인해 보지. 저년도 없애 버려!"

이번에는 모든 사내들이 천천히 다가섰다.

그때였다.

쨍강!

사내 하나가 돌아서며 뒤통수 쪽으로 날아든 것을 향해 검을 휘둘렀다. 날아든 것은 술병이었다.

술병을 던진 사내가 나무 위에 앉아 있었다.

"후후후, 아마 날 믿고 그랬을 거야."

수장사내의 표정이 살짝 심각해졌다.

"넌 뭐지?"

그는 바로 취후였다. 취후가 턱짓으로 청사를 가리켰다.

"방금 전 저 여자가 말한 신군맹의 멋진 남자. 밀어주고 믿어주는."

"풋!"

청사가 어이없다는 표정으로 웃음을 터뜨렸다.

"나 따라다녔지? 왜 이리 빨리 온 거야?"

"따라다녔어."

"할 일 없는 남자 싫어. 집요한 남잔 더 싫어."

"할 일 많지만 널 위해 미뤄뒀고, 난 네게만 집요해."

"우웩! 그런 느끼한 말은 어디서 배웠데?"

말과는 달리 청사의 표정은 부드러웠다. 예전 적호의 충고 이후 두 사람의 관계는 많이 진척되었다. 청사가 그의 마음을 받아들이기 시작한 것이다.

수장사내는 둘의 대화를 듣고 있자니 무시당한 기분이라 열이 뻗쳤다.

"고작 두 연놈이 우릴 너무 무시하는군."

그러자 청사가 눈을 동그랗게 뜨며 말했다.

"어? 왜 우리가 둘이라고 생각하지?"

"뭣이?"

수장사내를 비롯한 흑의사내들이 긴장해서 주위를 살폈다. 하지만 주위에는 아무런 기척도 느낄 수 없었다.

청사가 머리를 긁적이며 머쓱하게 말했다.

"아, 아직 우리 둘뿐인가?"

그녀의 장난스런 태도에 수장사내가 싸늘히 말했다.

"당장 저 주둥이부터 찢어버려!"

사내들이 일제히 몸을 날리려던 그 순간.

쇄애애액!

한줄기 검기가 무섭게 휘몰아쳤다. 청사를 향한 공격이 아니었다.

 흑의사내들 뒤쪽에서 검기가 날아들었던 것이다.

 가장 뒤쪽의 사내 둘은 기습처럼 날아든 검기를 피하지 못했다.

 "크악!"

 동시에 비명을 내지른 두 사내의 등이 갈라지며 그대로 꼬꾸라졌다. 그들의 실력을 생각하면 너무나 허무한 죽음이었지만, 등장한 사내의 기도는 그 허무함을 당연함으로 바꾸었다.

 검을 늘어뜨린 사내 하나가 그곳으로 천천히 걸어왔다.

 흘러내린 머리카락이 그의 얼굴을 반쯤 가렸는데, 절로 감탄이 나올 만한 이십대 중반의 미남자였다.

 "오! 멋진데? 정말 잘생겼다!"

 진심 어린 감탄을 하곤 청사가 덧붙여 물었다.

 "그런데 누구?"

 나무에 앉아 있던 취후가 허리춤의 또 다른 술병을 꺼내 마시며 말했다.

 "새로 온 비룡."

 "아!"

 청사가 비룡을 새삼스런 시선으로 쳐다보았다.

 취후가 입을 삐죽 내밀며 질투 어린 눈빛으로 말했다.

 "당연히 가짜 얼굴 아니겠어?"

 그때 한줄기 검기가 취후를 가르듯 날아들었다.

쉬익!

흑의사내 하나가 기습적으로 검기를 날린 것이다.

취후가 가볍게 몸을 날려 검기를 피했다. 허공을 회전한 취후의 검에서도 검기가 날았다.

쉬이익!

사내의 검기보다 빠르고 강력했다.

흑의사내가 몸을 던져 검기를 피했다.

쏴아아악!

취후가 앉아 있던 나뭇가지도 베어졌고, 사내 뒤쪽의 나무도 베어졌다.

가볍게 바닥에 착지한 취후에 비해 사내는 볼썽사납게 바닥을 뒹굴어야 했다. 벌떡 일어나는 사내를 보며 취후가 술을 마시며 말했다.

"술 취한 놈들은 조심해야 해. 눈에 보이는 게 없거든."

검기를 피한 사내가 뒤쪽 수장사내를 돌아보았다. 수장사내는 물론이고 흑의인들의 표정이 굳어 있었다.

상황이 심상치 않았다. 하나둘씩 모여드는 자들의 실력은 자신들보다 한 수 위였다. 벌써 수하 셋이 죽었다. 칠 대 삼. 빨리 상황을 정리해야 했다.

수장사내가 내력을 실어 크게 소리쳤다.

"참(斬)!"

정식 명령이 떨어지자 사내들이 마음을 다잡으며 우렁차게 대답했다.

"명(命)!"

바로 그때였다.

핑!

날카로운 바람 소리가 들렸다.

동시에 흑의사내 하나가 빗자루 쓰러지듯 픽 쓰러졌다.

숲에서 누군가 고개를 내밀었다. 작은 체구에 날다람쥐처럼 날쌔게 생긴 사내였다.

그가 장내의 귀병들을 둘러본 후 나직이 말했다.

"난 독계(毒鷄)다."

그가 바로 십이귀병의 열 번째 지지 유(酉)였다.

그의 손에 들린 것은 작은 대롱이었다. 원시적으로 보이는 그 무기는 독계의 독문병기로 강력한 독을 발사하는 암기였다.

간단히 자신을 소개한 그는 다시 수풀 속으로 쏙 사라졌다. 그것이 흑의사내들의 신경을 더욱 거슬리게 했다.

수장사내의 표정이 완전히 굳어졌다. 상대가 넷이 등장했고, 자신들은 넷이 죽은 것이다.

연이 그들을 보며 안도했다.

"모두 와주셨군요!"

열한 명 중 넷에 불과했지만 이미 장내의 분위기는 완전히 바뀌었다.

청사가 그들을 보며 싸늘히 말했다.

"자, 이제 대충 짝도 맞는 것 같으니 제대로 썰어보자고!"

수장사내는 이미 수하들이 공포를 느끼고 있다는 것을 감지했다.

"죽여!"

더 이상 기세를 빼앗겨선 안 된다고 판단한 수장사내가 먼저 몸을 날렸다. 그의 공격을 시작으로 모든 흑의사내들이 동시에 몸을 날렸다.

창창창창창!

수장사내를 막아선 사람은 비룡이었다.

두 사람의 검이 불꽃을 일으켰다. 수장사내에 비해 비룡은 내력과 실전이 부족했지만, 그에게는 젊은 패기와 비룡이라는 자존심이 있었다. 더구나 그는 앞서의 비룡처럼 무공에 특화된 귀병이었다.

취후와 청사는 흑의사내들과 맞붙었다. 기회를 노리는 것인지 독계는 모습을 드러내지 않았다.

청사에게 흑의사내 둘이, 취후에게 셋이 붙었다.

창창창창창!

양쪽의 전세는 팽팽했다.

수장사내는 시간을 끌어선 결코 이롭지 않음을 알고 있었다. 그들은 동료들이 올 가능성이 높았지만, 자신들은 아니었다.

[목표를 죽여!]

위기일발 235

취후를 합공하던 세 사내 중 하나가 몸을 돌렸다.

그가 빠르게 적호를 향해 달려들었다. 연이 그 앞을 막고 있었지만 지칠 대로 지친데다 부상까지 당한 그녀였다.

'어떻게 해서라도!'

연이 마지막 남은 내력을 끌어올렸다.

놈의 검을 손으로 쥐고서라도 놓치지 않으려는 각오였다. 자신이 시간을 끄는 사이 다른 귀병이 도움을 줄 것이다.

쉬이익!

일단 연부터 해치울 요량으로 사내가 검을 찔러왔다.

연의 심장을 향해 검이 날아드는 그 일촉즉발의 순간!

쉭! 쉭! 쉭! 쉭! 쉭! 쉭!

사방에서 암기가 사내에게 날아들었다.

창! 창! 창! 창!

암기를 튕겨냈지만 날아든 암기는 너무 많았다.

푹!

등에 암기가 박혔다. 끙 하는 비명 소리가 터져 나오는 순간, 계속 날아든 암기가 그의 몸에 박혔다.

푹푹푹푹푹!

암기비에 고슴도치가 된 사내가 그대로 꼬꾸라졌다.

사방 나무 위에서 암기를 날린 이들이 모습을 드러냈다. 복면을 쓴 그들은 바로 지금 싸우고 있는 세 사람의 비선들이었다. 귀병들의 싸움에 절대 끼어들지 않는다는 원칙을 깬 것이다.

피투성이가 된 채 적호 앞을 지키고 있는 연을 그들은 그냥 두고 볼 수 없었던 것이다.

 서로의 눈빛이 마주쳤다. 연은 고맙다는 말을 하지 않았다. 굳이 말하지 않아도 알 수 있는 깊은 유대감이 그들에게 있었다.

 퍼억!

 취후의 주먹이 사내의 턱을 강타했다. 셋이 싸우다 하나가 빠지자 허점이 드러난 것이다.

 턱이 돌아간 사내가 바닥을 뒹굴었다.

 취후가 무섭게 남은 한 사내를 몰아붙였다. 싸움의 균형이 무너지기 시작한 것이다.

 수장사내는 이대로라면 자신들이 모두 죽게 될 것이라 확신했다.

 쇄액! 쇄애애액!

 그가 연이어 검기를 날려 비룡을 뒤로 물러서게 만들었다.

 다음 순간, 수장사내가 방향을 바꿔 연에게 달려들었다. 죽을 때 죽더라도 적호를 없애는 명령만은 수행하려는 것이다.

 "안 돼!"

 비룡이 소리쳤지만 때늦은 외침이었다.

 쉭쉭쉭쉭쉭!

 비선들의 암기가 날았지만 앞서의 흑의사내와는 몸놀림 자체가 차원이 달랐다. 암기는 모두 빗나갔다.

연이 비수를 내지르며 소리쳤다.
"절대 못 지나가!"
수장사내의 검은 그보다 몇 배는 더 빨랐다.
쇄애애액!
날아드는 검을 보며 연은 눈을 감지 않았다. 몸으로 놈의 검을 막을 작정인 것이다.
'절대 적호님을 죽이도록 놔두진 않아!'
그녀는 간절히 바랐다. 제발 심장이 찔리지 않기를. 그래서 다른 귀병들이 그를 죽일 때까지 그의 검을 붙잡고 늘어질 수 있기를.
푸욱!
살이 찢기는 소리가 들렸다.
상대의 검을 잡으려던 연의 두 눈이 화등잔만큼 커져 있었다.
수장사내의 검이 자신의 왼쪽 귓가에 멈춰 서 있었다.
그리고 또 하나의 검.
자신의 오른쪽에도 검이 하나 나와 있었다.
수장사내의 검끝이 허공에 멈춰 있다면 그 검은 달랐다.
달려들던 수장사내의 목을 정확히 꿰뚫고 있었다.
연이 오른쪽 뒤로 천천히 돌아보았다.
뒤에 적호가 서 있었다. 적호가 마지막 순간 정신을 차린 것이다. 참혼을 든 적호의 손이 떨리고 있었다.

"적호님!"
연의 눈에서 참았던 눈물이 주르륵 흘러내렸다.
적호가 연의 등에 기대섰다.
"난… 괜찮아."
하지만 적호의 얼굴은 더없이 창백했다.
"적호님."
스르륵.
적호가 연의 등에 기대 다시 잠이 들었다.
귀병들도, 사내들도 잠시 멍하게 서서 그 모습을 지켜보고 있었다.
쐐애애액!
푸욱!
기습적인 청사의 검이 앞에 선 사내의 목을 관통했다.
"싸움 중에 정신 팔지 말랬지?"
사내가 그대로 꼬꾸라졌다.
수장사내가 죽자 장내는 순식간에 정리되었다.

치이이익!
비선들에 의해 시체가 처리되고 있었다.
그중에는 비룡의 비선인 곤도 있었다. 곤은 한 번도 적호와 시선을 마주치지 않았다. 적호에 대한 곤의 감정은 매우 복잡했다. 예전 비룡을 생각하면 결코 좋을 리 없는 감정이었다.

하지만 그는 결코 신출내기가 아니었다. 감정은 감정이고 일은 일이었다. 예전 비룡이 너무나 그리웠지만, 그가 집중해야 할 것은 새 비룡이었다.

놀랍게도 독계는 처음 등장했을 때 그 한 명만 죽이고 그대로 사라졌다. 물론 비선도 함께였다.

원래 끊고 맺는 것이 확실한 성격이었는데, 이 정도라도 개입한 것은 그가 큰마음을 먹은 것이었다.

엄밀히 따지면 이번에 구조를 요청한 것도, 또 도와준 것도 모두 불법적인 행동이었다. 원래라면 정식 절차를 밟아서 처리되어야 할 문제였다.

비선들이 시체를 모두 처리했을 그즈음, 한발 늦게 철우와 추견도 그곳에 도착했다. 호위 임무 중인 백묘는 끝내 오지 못했다.

어쨌든 그들이 도착했을 때는 이미 모든 상황이 끝나 있었지만, 그들이 와주었다는 것이 중요했다. 귀병들이 적호 주위로 모였다. 적호는 여전히 연의 부축을 받으며 서 있었다.

청사가 비룡에게 물었다.

"당신은 왜 왔지?"

다른 귀병들은 나름 이유가 있었다. 하지만 새로운 비룡은 굳이 이곳에 올 이유가 없었다.

비룡이 차분히 말했다.

"소문을 들었소, 전임 비룡은 언제나 이인자였다고. 그래서 보고 싶었소. 최고라 불리는 적호가 어떤 사람인지."

"그래서 어때?"

창백하게 서 있는 적호를 가만히 응시하더니 이내 비룡이 고개를 내저었다.

"잘 모르겠소."

"모르긴 뭘 몰라? 척 보면 최고로 멋진 남자란 것을 알 수 있잖아?"

청사의 농담에 뒤에 선 취후가 입을 삐죽 내밀었다.

그때 적호가 힘겨운 표정으로 비룡에게 말했다.

"…미안하지만 나에 대해선… 영원히 모를 것이네."

"무슨 뜻이오?"

다음 순간이었다.

"쿠에에엑!"

적호가 한 사발의 피를 토했다.

연이 놀라 소리쳤다.

"적호님!"

다른 귀병들도 깜짝 놀랐다. 피를 토해낸 적호가 그대로 쓰러졌다.

적호의 상태를 살피던 취후가 눈을 부릅떴다. 그가 모두를 돌아보며 말했다.

"…죽었어."

"뭐?"

"적호가 죽었다고."
모두들 쇠망치에 머리를 강타당한 충격을 받았다.
"안 돼—! 제발!"
연의 절규가 그곳에 울려 퍼졌다.
"거짓말이죠? 적호님! 제발 정신 차려요!"
청사가 믿을 수 없다는 표정으로 힘없이 말했다.
"…말도 안 돼."

*   *   *

한 시진 후, 나무를 쌓아 만든 제단에 불길이 치솟았다.
화르르르르!
제단 위에 놓인 것은 적호의 시체였다.
"젠장! 젠장! 이건 말도 안 돼!"
청사가 쉴 새 없이 소리쳤다. 그녀의 눈에서도 눈물이 흘러내리고 있었다.
취후는 뒤에서 말없이 술만 마셨다.
한옆에 추견과 철우가 나란히 서 있었다.
"우리 시대의 전설이 가는군."
추견의 말에 철우가 고개를 끄덕였다.
추견은 단 두 번의 만남이었지만 적호에게 큰 호감을 느꼈다. 많이 본다고 깊이 사귀는 것이 아님을 적호를 통해서 실감했다. 아주 오랫동안 그가 생각날 것 같았다.

 철우 역시 마음이 울적했다. 적호의 죽음이 안타깝다기보단 자신의 삶에 대한 회한이 들어서였다. 그것은 언젠가 자신도 적호처럼 이렇게 죽게 되리란 서글픔이었다.

 연은 제단 앞에 고개를 숙인 채 서 있었다. 그녀의 깊은 슬픔이 느껴져 그 누구도 위로의 말을 해주지 못했다.

 불꽃이 활활 타오르자 더 이상 보지 못하겠다는 듯 그녀가 제단 아래를 밀었다.

 와르르르!

 활활 불타오르는 제단이 절벽 아래로 무너져 내렸다.

 연이 말없이 어디론가 몸을 날렸다.

 귀병들이 절벽에 일제히 늘어섰다. 절벽 아래를 내려다보며 그들은 적호를 추모했다.

 분위기는 침울했다. 가장 잘나가는 적호의 죽음은, 십이귀병의 운명에 대한 어떤 슬픈 결말이기도 했다.

 …언젠간 반드시 죽게 된다는.

 취후가 술 취한 목소리로 모두를 대표해서 말했다.

 "잘 가게, 친구."

第六十八章
비보

절대
강호

"와, 정말 대단하세요!"

제갈수연의 과장된 칭찬에 조비랑이 의기양양 턱을 내밀었다.

"정말 적호와 생사를 넘으셨군요."

"그렇다니까!"

"정말 대단하세요."

"그뿐인 줄 알아? 적들을 상대하던 적호가 바닥에 미끄러졌지. 놈들의 검이 사방에서 날아들고. 그야말로 일촉즉발의 순간이었어."

조비랑이 손칼을 휘두르며 과장된 동작을 취했고 제갈수연이 한껏 기대하는 표정이 되었다.

조비랑이 의기양양하게 말했다.

"그때 내가 사정없이 몸을 날렸지. 가장 가까이서 검을 날리던 놈을 걷어찬 후, 그 옆의 놈을 머리로 그대로 박아버렸지. 그리고 한 바퀴를 굴러……"

한옆에서 두 사람을 지켜보던 홍사백과 임영달이 고개를 내저었다.

홍사백이 혀를 차며 말했다.

"뭔가 또 부려먹을 작정이군, 저렇게 진지하게 이야기를 들어주는 것을 보니."

"가증스럽게 손까지 모으고 경청하는 척하고 있습니다."

"대체 뭘 시키려고 저렇게 참을까?"

조비랑이 더욱 목청을 높였다.

"…마지막 놈은 위기를 모면한 적호가 벌떡 일어나 해치웠지."

조비랑은 차마 마지막 놈까지 직접 해치웠단 말은 하지 못했다.

제갈수연이 박수까지 치며 조비랑의 비위를 맞췄다.

"정말 존경합니다, 선배님!"

"하하하, 뭘 그런 걸 가지고."

"아, 선배님 말씀을 계속 더 듣고 싶은데……"

제갈수연이 한숨을 내쉬었다.

"그런데?"

"루주님이 처리하라고 내려 보내신 일거리가 많아서요."

"무슨 일인데?"

"신경 쓰지 않으셔도 됩니다. 제 일이니까요. 아, 그래도 말 나온 김에 한번 보실래요?"

제갈수연이 조비랑을 자신의 자리로 이끌었다.

그 모습을 지켜보며 홍사백과 임영달이 고개를 내저었다.

"어쩌면 일부러 알면서 저럴지도 모른다는 생각이 듭니다."

"무슨 뜻이야?"

"남에게 당하는 걸 좋아하는 병이 있다지 않습니까? 비랑이 놈이 그 병에 걸린 것이 틀림없습니다. 그게 아니라면 우린 강호에서 가장 어리석은 놈을 후배로 두고 있는 것이니까요."

임영달의 객쩍은 소리에 홍사백이 실소했다.

그때였다. 철컹, 기관이 움직여 호랑이 그림에 멈췄다.

셩— 보고서가 내려왔다.

제갈수연이 쪼르르 달려가며 말했다.

"제가 선배님 대신 하겠습니다."

"수고해 줘."

조비랑이 고개를 숙인 채 대답했다.

의기양양한 표정으로 보고서를 꺼내 읽던 제갈수연이 흠칫 놀랐다. 그녀의 얼굴이 순간 창백해졌다.

"뭔데 그래?"

임영달의 물음에도 제갈수연은 멍하게 명령서만 내려다보았다.

"이봐!"

그제야 제갈수연이 고개를 들었다.

"적호가… 적호가……."

"적호가 뭐?"

"죽었답니다."

"뭐? 쟤 지금 뭐랍니까? 갑자기 정신 나간 소릴 하고 있습니다."

제갈수연의 자리에서 일을 하던 조비랑이 고개를 들지 않고 말했다.

"귀병들 목숨 가지고는 장난치지 마!"

조비랑은 당연히 제갈수연의 장난이라 여기고 있었다.

하지만 여전히 그녀는 얼이 빠진 채 그 자리에 멍하게 서 있었다.

임영달이 달려가서 그녀의 손에 들린 보고서를 뺏어 들었다.

"그 무슨 헛소리야!"

잘못 읽었다며 제갈수연의 뒤통수를 때려줘야 할 임영달이 한참 동안 보고서만 내려다보았다.

홍사백이 천천히 그에게 다가갔다.

"이리 주게."

임영달이 보고서를 홍사백에게 건넸다. 홍사백은 그것을 읽지 않았다.

보고서를 받아 든 홍사백이 집무실로 들어갔다. 안에서 구양서와 엄백양이 한참 이야기를 나누고 있었다.

"무슨 일인가?"

홍사백이 한숨을 내쉬며 말했다.

"적호가 죽었습니다."

*　　　*　　　*

"거짓말!"

주화인이 소리쳤다.

"정말… 죽었답니다."

충격을 받기는 이단심도 마찬가지였다.

휘각에서 전해온 정보였다. 이런 일로 거짓 보고를 할 리 없었으니 적호의 죽음은 사실이었다.

"그의 죽음을 다른 귀병들이 모두 확인했답니다."

"잘못된 보고라니깐!"

주화인이 신경질적으로 소리쳤다.

"보고란 것이 잘못될 수도 있잖아? 알면서 왜 그래?"

이단심이 침울하게 말했다.

"귀병들이… 시체를 직접 불태웠답니다."

"뭐?"

주화인의 안색이 창백해졌다. 그녀가 제자리에 주저앉았다.

"누구 짓이지?"

"거기까진 알려지지 않았습니다."

주화인은 아무 말도 하지 않았다.

뭐라 위로를 하려던 이단심이 조용히 밖으로 나갔다.

주화인은 그녀가 밖으로 나갔는지도 인식하지 못하고 있었다. 머릿속이 텅 비어버린 것 같았다.

그를 협박도 했고 실제로 죽이려고도 했었다.

하지만 막상 그가 죽었다는 소식을 접하자 아무 생각도 들지 않았다. 그녀 성격상 왜 내게 죽지 않고 남에게 죽었냐는 이기적인 원망조차 들지 않았다.

슬픔도 분노도 없었다.

그저 그렇게 멍할 뿐이었다.

*   *   *

풍운학관으로 들어서는 백무성의 발걸음이 가벼웠다.

그의 손에 들린 상자에는 소운에게 줄 선물이 들어 있었다. 그것은 한 벌의 장삼이었다. 이름난 장인에 의해 정성껏 만들어진 그것에는 한 마리의 봉황이 수놓아져 있었는데, 그야말로 기품과 위엄이 느껴지는 최고급 옷이었다.

지금은 입고 다니지 못하겠지만, 언젠가 이 옷을 입고 세상에 나설 딸의 모습을 그리자 백무성은 절로 미소가 지어졌다. 이 선물은 딸아이의 미래에 대한 약속이자 각오였다.

백무성이 소운의 방이 있는 건물로 들어서려던 그때였다.

"공자님!"

돌아보니 진충이 다급하게 뛰어왔다. 그 표정에 이미 보고할 일의 심각성이 담겨 있었다.

백무성이 재빨리 물었다.

"무슨 일인가?"

"방금 급보가 들어왔는데… 적호가 죽었습니다."

"뭣이?"

백무성이 깜짝 놀랐다.

"그게 무슨 말인가?"

"적호가 작전 중에 죽었답니다."

잠시 멍한 표정을 짓던 백무성이 다시 물었다.

"확실한 정보인가?"

"네, 확실합니다. 휘각에서 직접 전해온 소식입니다."

적호의 죽음은 백무성에게도 충격적인 일이었다. 순간 여러 감정들이 일었는데, 가장 먼저 든 감정은 불신이었다. 백무성에게 있어 적호는 그 어떤 위험한 곳에 던져 둬도 악착같이 살아 돌아올 불사신 같은 존재였다.

"아깝군."

안타깝고 슬펐다. 분명 백무성의 진심이었다.

하지만 동시에 다른 기분도 들었다. 그것은 분명 슬픔과는 거리가 먼, 명치께 걸려 있던 뭔가가 쑥 내려가는 상쾌함이었다. 백무성은 그것이 적호에 대한 자신의 진짜 감정임을 확인했다.

복잡한 심정의 그에 비해 진충은 잘되었다는 표정이었다. 애초부터 진충은 백무성이 적호와 너무 깊은 인연으로 엮이는 것을 경계하고 싫어했다. 백무성은 현장의 칼잡이 따위와 어울릴 신분이 아니었으니까.

"지금까지 일개 현장 요원과 너무 깊이 얽히셨습니다."

백무성은 긍정도 부정도 하지 않았다. 일개 칼잡이의 죽음으로 치부하기에는 적호의 존재는 너무나 크게 자리 잡고 있었다.

아무튼 이제 그 일은 끝이 난 것이다.

백무성이 돌아서는데, 건물 입구에 소운이 서 있었다.

"운아!"

백무성이 반갑게 소운을 부르다 흠칫했다. 소운의 표정이 심상치 않음을 발견한 것이다.

사색이 된 채 서 있는 그녀는 금방이라도 쓰러질 것 같았다.

"방금 뭐라고 하셨죠?"

백무성의 표정이 살짝 굳어졌다. 눈치 빠른 백무성이 소운이 왜 충격을 받았는지 알아차린 것이다.

"적호가 죽었다는 보고를 받았다."

"…그분이… 죽었다고요?"

그분이란 말에 백무성이 흠칫 놀랐다. 백무성은 알 수 있었다. 딸아이가 적호를 사랑하고 있었다는 것을. 그것도 진심으로.

백무성은 적호의 죽음을 전해 들었을 때보다 더욱 마음이 복잡해졌다. 딸아이가 걱정되었고, 다른 한편으론 화가 치밀었다. 적호가 딸아이를 좋아할 순 있었다. 세상 어떤 사내가 봐도 한눈에 반할 정도로 아름다웠으니까.

하지만 딸아이가 적호를 사랑하는 것은 바라는 바가 아니었다. 그건 자신이 적호와 얽히는 것과는 다른 차원의 문제였으니까.

백무성이 천천히 소운에게 다가갔다.

"운아."

"…믿을 수 없어요."

백무성이 소운을 안아주며 토닥였다.

"그는 위험한 일을 하는 이였단다."

"절대 그럴 리가 없어요."

소운의 눈에서 눈물이 주르륵 흘러내렸다.

백무성이 이를 악물었다. 적호에 대한 감정은 분명 강 건너의 감정이었다. 불이 나든 물난리가 나든 그건 자신의 일이 아니었다. 한데 딸아이가 그의 죽음에 울고 있었다. 이제 자신의 일이 되어버린 것이다.

"운아, 울지 말거라."

백무성이 그녀를 안아주었다. 백무성의 품에 안겨 소운이 서럽게 울었다.

그렇게 한참을 울던 그녀가 백무성에게서 떨어졌다.

눈물을 닦아내며 소운이 확신하듯 말했다.

"그는… 그는… 절대 죽지 않았어요."

소운이 자신의 심장 위에 손을 올렸다.

"느껴져요, 그가 아직 살아 있다는 것이."

"소운아."

"그는 분명 살아 있어요. 제 눈으로 시체를 보기 전에는 절대 믿지 않을 거예요."

백무성이 깊은 한숨을 내쉬었다.

"그래, 애비가 한번 조사해 보마."

"부탁드려요, 아버지."

자신에게 하는 첫 부탁이었고, 아버지란 말도 처음이었다. 하지만 소운은 그것을 인식하지 못하고 있었다. 그것이 더욱 백무성을 화나게 했고 서글프게 했다.

백무성이 나직하게 말했다.

"그래, 내가 알아봐 주마."

언제 떨어졌는지 가져간 선물은 바닥을 뒹굴고 있었다.

　　　　　＊　　　　＊　　　　＊

"천아성에게 은밀히 기별했습니다."

종리문의 보고에 능풍비가 고개를 끄덕였다.

"오겠다던가?"

"네, 혼자 오겠다고 전해왔습니다."

"막상 직접 보려니… 이거 떨리는군."

종리문은 그 말이 농담이 아니란 것을 잘 알았다. 이 강호에 유일하게 사악련주의 마음을 떨리게 할 수 있는 단 한 사람. 방금 전의 기별은 바로 그 천아성에게 한 것이었다.

두 사람이 있는 곳은 신군맹에서 그리 멀지 않은 변두리의 한 작은 다루였다. 사악련의 여러 고수들이 들었다면 기겁을 할 일이었다.

"여전히 그 생각은 변함이 없나?"

"무엇 말씀이십니까?"

"천아성 그 사람과 붙으면 내가 질 것 같다는 결과 말이네."

종리문이 살짝 당황했다. 그 대답이 달라질 수 있다면 정말 기다렸던 질문이었을 텐데.

그렇게 망설이는데 능풍비가 짐짓 삐친 듯 말했다.

"대답 안 해도 되네. 이미 자네 얼굴에 다 쓰여 있으니."

"불충을 용서하십시오."

"이해는 되지만 용서는 안 되지."

그러면서 능풍비가 크게 웃었다.

"하하하! 그 사람이 그렇게 강하단 말이지?"

아직 단 한 번도 직접 만나본 적이 없는 그였다.

"그는 오직 무공에만 빠져 살아온 외골수입니다."

그에 비해 능풍비는 사악련주로서 여러 일들을 하느라 무공에만 전념할 수 없었다.

"그가 살아 있는 한 사도일통은 쉽지 않겠군."

"그렇다고 생각합니다."

"그럼 그를 죽여야겠군."

"네."

"죽일 수 있는 방법을 생각해 뒀나?"

물론 그에 대한 연구도 많이 했다.

"독으로 죽일 수는 없다는 결과가 나와 있습니다."

"만독불침이다?"

"그야 련주님도 마찬가지지 않으십니까?"

"그야 그렇지."

"자객을 보내서 죽일 수도 없다는 결과가 나와 있습니다."

"언제 적 연구인데? 유능한 자객이 하나쯤 나왔을 수도 있잖아?"

능풍비의 농담에 종리문이 담담히 대답했다.

"아쉽지만 유능한 자객의 실력보다 천아성의 실력이 더 늘었습니다."

"자네, 그 사람에 대해 너무 열렬한 것 아닌가?"

"그래서 하루에 한 번씩 그가 죽기를 소망합니다."

능풍비가 피식 웃고 말았다.

"결국 그를 죽일 수 있는 방법이 없다?"

"금강불괴지신이 아닌 다음에야 어찌 죽음을 피할 수 있겠습니까?"

종리문이 한 손을 들어 손바닥을 쫙 벌렸다.

"심장에 딱 이만큼만 검을 박아 넣을 수 있다면 그는 죽을 겁니다."

"나보고 하라는 말이지?"

"현재로선 그 방법이 최선입니다."

"그자가 나보다 더 강하다면서?"

"……."

"늙어 죽을 때까지 기다리란 말이군."

종리문은 반 농담으로 말을 하고 있었지만, 그것이 현실이었다.

"자네 달에 얼마나 받나?"

"천이백입니다."

"다 토해내게."

정말이지 천아성을 생각하면 진심으로 그러고 싶은 심정이었다.

그때 수하 하나가 달려와서 빠르게 보고했다.

비보 259

"나갔던 애들이 모두 당했습니다."

능풍비와 종리문은 놀라지 않았다. 수하들에게서 며칠이나 소식이 없었기에 이미 그렇게 되었으리라 짐작하고 있었다.

"역시 죽지 않았군."

종리문이 조금 침울하게 말했다.

"애초에 모든 것이 제 불찰입니다."

"자네가 아니라 누구라도 그랬을 것이야. 그 정도 기량을 지닌 자가 십이귀병에 있을 줄 어찌 알았겠나?"

그때 능풍비의 눈빛이 예리해졌다.

저 멀리서 누군가 걸어오고 있었다. 그 누구도 함부로 흉내 낼 수 없는 기도. 그는 바로 천아성이었다.

"그럼 말씀 나누십시오."

종리문이 황급히 자리를 비켜줬다.

능풍비가 자리에서 일어나 천아성을 맞이했다.

"천 맹주! 처음 뵙겠소!"

능풍비가 먼저 정중히 포권했다.

"반갑소, 능 련주."

강호에서 가장 강한 두 사람이 만나는 역사적인 만남이었다.

두 사람 모두 이렇게 쉽게 만나게 될 줄 미처 생각지 못했다. 정사대전이 벌어졌을 때, 그래서 한쪽이 완전히 밀렸을 때

승자와 패자로 만나게 될 줄 알았다.

모르는 사람이 봐선 평범한 두 늙은이의 만남이지만, 절정 고수가 보았다면 그 엄청난 존재감에 숨이 막혔을 순간이었다.

능풍비는 진심으로 감격했다. 혼자 이곳을 찾은 자신도 자신이지만, 소식을 전해 듣고 혼자 이렇게 나온 천아성도 정말 대단한 것이다. 여러 이해관계를 떠나 상대는 진정한 무인이었다.

"먼 길 오셨구려. 미리 이야기를 했더라면 마중이라도 나갔을 텐데요."

"괜찮소이다. 바쁘신데 이렇게나마 뵐 수 있어서 다행이외다. 자, 앉으시지요. 여기 차 맛이 그리 나쁘지 않더이다."

"그럽시다."

두 사람이 다탁을 사이에 두고 마주 앉았다.

새로 주문한 차를 능풍비가 손수 따라주었다. 차를 음미한 천아성이 맛있다며 기분 좋게 웃었다.

"내 덕분에 좋은 곳을 알았으니, 이 차는 맹주께서 사시오."

"하하, 당연히 그래야지요."

능풍비는 천아성에 대해 알 듯 말 듯 애매한 심정이었다. 싸워서 이길 수 있을 것도 같았고, 질 것 같기도 했다.

'인정해야겠군.'

능풍비가 내심 씁쓸한 마음이 되었다. 상대가 확실히 느껴지지 않는다는 것은 그가 자신보다 고수일 가능성이 높다는 뜻이었다. 물론 천아성이 자신을 어떻게 느끼느냐에 따라 달라질 문제지만.

 천아성이 담담히 물었다.

 "한데 어인 일이 있어서 이렇게 먼 길을 오셨소?"

 "하하, 솔직히 말씀드리지요. 그쪽 애 하나를 잡으러 왔소."

 "그게 누구요?"

 "적호라고 들어보셨으리라 믿소. 근래 몇 년간 본 련을 제대로 괴롭힌 아이지요."

 적호란 이름이 나왔음에도 천아성은 아무 반응을 보이지 않았다.

 "그래서 잡으셨소?"

 "잡다 놓쳤소."

 "재빠른 아인가 보오."

 "그렇더구려. 그래서 드리는 말씀인데… 그 아이를 대신 좀 잡아주시오."

 천아성은 아무 대답도 하지 않았다.

 "처음인 부탁이니 들어주시리라 믿소."

 다소 뻔뻔한 부탁을 능풍비는 그렇게 당당하게 하고 있었다. 여전히 천아성은 아무 대답을 하지 않았다. 그렇게 속내를 알 수 없는 두 사람의 시선이 허공에서 얽혔다.

그때 신군맹 쪽 무인 하나가 그곳으로 들어왔다. 그가 전음으로 한 가지 보고를 전하고 이내 사라졌다. 지금까지 호수처럼 고요하던 천아성이 동요하고 있음을 느꼈다.

천아성이 능풍비를 응시하며 나직이 말했다.

"그 아이가 방금 죽었다고 하오."

능풍비가 깜짝 놀랐다. 두 사람의 시선이 다시 마주쳤다. 능풍비는 천아성이 거짓말을 하고 있지 않다는 것을 느꼈다. 이런 일에 거짓말이나 늘어놓을 작은 그릇이 아니었고, 또한 천아성의 동요가 느껴졌기에 더욱 그러했다.

"재빠른 아이지만 련주의 검을 완전히 피하진 못했나 보오."

천아성은 분명 적호의 죽음에 대한 책임을 묻고 있었다.

"아시겠지만 일전에 우리 쪽에 사도란 녀석이 죽었소. 꽤나 유망한 녀석이었지요. 적호 그 아이에게 죽었으니 그걸로 서로 비긴 걸로 합시다."

그러자 천아성이 망설이지 않고 대답했다.

"그럽시다."

"조심해서 돌아가시오."

다루를 나가려는데 뒤에서 천아성이 말했다.

"일간 한 번 찾아뵙겠소."

능풍비의 발걸음이 멈췄다. 그 말에 어떤 의미가 담겨 있는지 확실히 알 수 없었다.
 능풍비가 미소를 지으며 대답했다.
 "그땐 제가 좋은 술로 대접하지요."

第六十九章
부활

절대
강호

연이 누군가를 바라보고 있었다.

시커멓게 그을린 몸을 씻고 자신이 준비해 온 새 무복을 입은 사람은 바로 적호였다. 적호는 죽지 않고 살아 있었다. 그는 이제 죽음의 고비를 넘긴 상태였다.

두 사람이 있는 그곳은 절벽 아래였다. 주위에 시커멓게 탄 나무들이 널려 있었고 옆으로 거친 물길이 흐르고 있었다.

앞서 귀병들이 도와주러 와서 흑의인들을 모두 해치웠을 때, 적호가 연에게 전음을 보냈다. 죽음을 위장할 작정이라고. 불에 태워서 절벽으로 떨어뜨려 달라고.

적호가 불길에 타지 않은 것은 피화주 때문이었다. 강력한 보호막이 적호의 몸을 화기로부터 지켜준 것이다. 덕분에 완벽하게 죽음을 위장할 수 있었다.

"이렇게 죽지 않았다면 사악련에선 끝까지 죽이려 했을 거야. 사악련주가 직접 나선 일이었으니까."

그건 사도가 나선 것과는 차원이 다른 일이었다.

사악련주의 실패가 알려지면 사악련 전체가 자신을 죽이려 들 것이다. 그들에게 련주의 명성은 곧 자신들의 자존심이었으니까.

"이대로 떠나 버려요."

연의 진심이었다. 적호가 이대로 영원히 신군맹을 떠나기를 바랐다.

창백한 얼굴로 연을 응시하던 적호가 이내 천천히 고개를 내저었다.

"연, 난 신군맹을 떠날 수 없어."

"삼공녀 때문인가요?"

물론 그녀가 서현이의 존재에 대해 알고 있는 것도 마음에 걸렸다. 하지만 그런 이유 때문은 아니었다. 자신이 죽었다는 소식을 들으면 주화인은 더 이상 서현이를 해치지 않을 테니까.

마지막 그날까지 신군맹에서 악인들을 제거하기로 사공후와 약속했다.

하지만 적호는 안다. 사공후 역시 자신과 또 서현이와 깊은 정이 들었다. 자신이 신군맹을 떠난다 해도 그것 때문에 치료를 그만두진 않을 것이다.
 적호가 신군맹에 남으려는 이유는 한 가지였다.
 마지막 순간까지 귀병으로서 악을 처단하는 것!
 사공후와의 약속을 넘어 이제는 자신과의 약속이자 하늘과의 약속이었다. 그것은 서현이의 대법이 성공하기를 바라는 기원이기도 했다. 그렇기에 신군맹을 떠날 수 없었다. 어려움이 닥친다고 현실을 외면하면 하늘이 노할지도 모른다는 두려움. 그 모든 것이 딸아이의 안위와 관련이 있었다.
 "연, 그 증거를 삼공녀에게 가져다줘."
 앞서 불에 타기 전에 은밀히 석굴에서 얻었던 증거를 연에게 전한 후였다.
 "알겠습니다."
 그 증거라면 삼공녀는 곤경에서 벗어날 수 있을 것이다.
 다시 연이 걱정스럽게 물었다.
 "한데 신군맹을 떠나지 않겠다고 하셨습니까?"
 "그랬지."
 "어떻게요?"
 "그곳으로 가야 해."
 적호의 눈빛이 깊어졌다.
 "이 일이 처음 시작된 그곳으로!"

*   *   *

줄지어 선 삼십여 명의 남녀가 기합을 지르며 검을 휘두르고 있었다.
"하압!"
비라도 맞은 듯 온몸이 땀에 젖은 그들은 금방이라도 쓰러질 듯 처절한 몰골이었다.
"지금 흘리는 땀방울이 나중에 흘릴 피를 대신할 것이다!"
앞에 선 사람은 바로 황 교관이었다. 그곳은 바로 십이귀병을 뽑는 훈련소였다.
죽을 듯이 힘들었지만 훈련생들은 절도를 잃지 않으려 노력했다.
사내 하나가 견디지 못하고 꼬꾸라졌지만 훈련은 계속되었다.
황 교관이 그를 일으켜 세웠다. 힘내라고 등을 세게 두드려 주었을 뿐 모욕을 주거나 쓸데없는 말로 그를 자극하지 않았다. 모두들 한계까지 몰려 있었다. 쓰러지는 것은 부끄러운 일이 아니었다. 문제는 다시 일어서지 못하는 것이다.
"인간은 배신해도 훈련은 배신하지 않는다!"
황 교관의 우렁찬 말이 그곳에 울려 퍼졌다.
얼마 전 새로운 비룡을 내보냈다. 비룡의 죽음은 황 교관에게 큰 충격이었다. 활동하는 귀병들 중 적호 다음으로 뛰어나다고 알려진 그였다.

그의 얼굴이 떠올랐다. 유들유들하면서도 아련한. 어딘지 모르게 어둠을 간직한 그였다.

새로운 비룡이 뽑혀 나갈 때, 훈련생들은 조촐한 축하연을 열었다고 했다. 그들도 알고 있었다. 귀병이 죽어야만 자신들이 이곳을 나갈 수 있다는 것을. 동료가 죽지 않고 잘 활동하기를 바라면서도 한편으론 누군가 죽어서 자리가 나기를 바라는 정말 이율배반적인 상황이었다.

그랬기에 황 교관은 그들을 한계까지 몰아붙인 적은 많아도 그들을 인간적으로 모욕한 적은 단 한 번도 없었다. 그래서 모두들 그를 좋아했다.

그때 또 다른 교관 하나가 저만치서 달려왔다. 어두운 그의 표정을 보고 황 교관의 표정이 굳어졌다.

"그만! 잠시 휴식한다!"

말이 떨어짐과 동시에 삼십여 명의 훈련생이 일제히 쓰러졌다. 그들이 바닥에 드러누운 채 숨을 헐떡였다.

황 교관이 후배 교관에게로 걸어갔다.

"이번에는 누군가?"

황 교관에게 있어 가장 괴로운 시간이었다.

잠시 망설이던 교관이 나직이 말했다.

"적호입니다."

"뭐?"

황 교관은 깜짝 놀랐다. 다리가 풀리며 휘청하는 것을 억지로 중심을 잡았다.

 황 교관이 수련생을 돌아보았다. 적호의 자리를 대신할 후보들이 몇 명 있었다. 무공도 강하고 임기응변도 능한 녀석들이. 하지만 예전의 그 적호를 생각하면 비교가 안 되었다. 적호는 지금껏 키워낸 귀병들 중 가장 기억에 남는 훈련생이었다. 칠 년이란 긴 시간을 버텨낸 가장 뛰어난 귀병이기도 했다. 그런데…….
"그가 죽었다고?"
"괜찮으십니까?"
 후배 교관의 걱정스런 물음에 황 교관이 고개를 끄덕였다.
"대신 애들 좀 맡아주게."
"알겠습니다."
 집무실로 돌아온 황 교관이 벽장을 열어 술을 꺼냈다. 이곳을 떠나는 이들과 한 잔씩 마시는 술이었다. 그때 이외에는 절대 술에 입을 대지 않는 그였다.

 황 교관이 홀로 술을 마셨다. 유난히 써야 할 술맛이 달았다.
"빌어먹을!"
 황 교관이 술병째 술을 들이켰다.
 쾅!
 그가 탁자 위에 술병을 거칠게 내려놓았다.
 속이 메스껍고 심장이 두근거렸다. 항상 은퇴를 생각하면서도 마음속으로 의지해 온 것이 있었다. 그게 바로 적호였다. 자신이 희생양만 배출시키고 있지 않다는 것을 증명해 주는 유일한 존재, 그 적호가 죽은 것이다.

그때였다. 황 교관이 신경질적으로 소리쳤다.

"누구냐!"

문밖에서 인기척이 난 것이다.

그러자 문이 열리고 누군가 들어섰다.

황 교관이 깜짝 놀랐다. 못 보던 얼굴이 안으로 들어선 것이다. 당연히 이곳 훈련소는 절대 침입자가 있을 수 없었다. 은밀한 곳에 위치했고, 요소요소마다 고수들이 지키고 있었다.

놀라 소리를 치려던 황 교관의 동작이 멈췄다.

"설마? 자넨?"

못 보던 얼굴이 아니라 오랫동안 보지 못했던 얼굴이었다.

들어선 사람은 바로 적호였다. 적호는 이곳을 떠날 때의 얼굴을 하고 있었다.

"잘 지내셨습니까?"

적호의 목소리를 듣는 순간, 황 교관의 얼굴이 활짝 밝아졌다.

"정말 자네군!"

황 교관이 달려가 적호의 손을 마주 잡았다. 그는 여전히 어리둥절했다.

"놀라셨죠?"

"어떻게 된 일인가? 방금 전에 연락을 받았네, 자네가 죽었다고."

"보시다시피 전 죽지 않았습니다."

"자, 이리 앉게."

두 사람이 마주 앉았다.

"한잔할 텐가?"

"네, 주십시오."

칠 년 전 이곳을 떠나던 날 이렇게 두 사람은 술을 마셨다.

두 사람이 술잔을 비웠다.

"대공자와 삼공녀에 대한 이야기 들으셨습니까?"

황 교관이 고개를 끄덕였다.

"대충 들었네. 설마?"

"네, 그 일에 휘말렸습니다."

황 교관이 인상을 굳혔다. 굳이 꼬치꼬치 캐묻지 않아도 대충 짐작이 갔다.

"날 찾아온 이유가 뭔가?"

"부탁이 있습니다."

"뭔가?"

"저를 다시 보내주십시오."

"그게 무슨 말인가?"

뒤늦게 황 교관이 적호의 말을 이해했다.

"설마?"

"네. 다시 새로운 적호로 저를 보내주십시오."

황 교관이 황당한 표정을 지었다.
"어떻게 말인가?"
적호가 잠시 뒤로 몸을 돌렸다.
우두두두둑!
다시 돌아선 적호의 얼굴이 새롭게 바뀌어 있었다.
"어, 어떻게?"
"무공입니다, 얼굴을 바꿀 수 있는."
 황 교관이 침을 꿀꺽 삼켰다. 그를 다시 적호로 보내는 일은 불가능한 일은 아니었다.
 새로운 귀병의 임명에 대한 모든 권한을 자신이 가지고 있었다. 서류를 조작해서 보내면 그만이었다. 작정하고 조사하면 걸리겠지만, 그렇지 않다면 별다른 문제는 없을 것이다. 휘각에서는 완전히 자신을 믿었으니까.
 새 얼굴의 적호가 진지하게 말했다.
"저를 다시 보내주십시오."

　　　　　*　　　　*　　　　*

 휘각 작전실은 침울했다.
 그 분위기의 중심에 조비랑이 있었다.
 침울한 표정으로 제자리에 앉아 있는 조비랑 옆에 임영달이 앉아 있었다.

적호의 죽음 이후 조비랑은 단 한 마디도 하지 않았다.
자신의 목숨을 구해준 적호였다. 그랬기에 조비랑의 충격은 실로 컸다.
이윽고 조비랑이 입을 열었다.
"무슨 말씀이든 하세요."
"무슨 말을?"
"아무 말씀도 안 하실 거면서 왜 옆에 오셨어요?"
"내 마음이지."
조비랑이 자리에서 일어나 다른 자리로 가서 앉았다.
임영달이 쪼르르 그 옆에 가서 앉았다.
"장난칠 기분 아니에요."
"누가 장난하제?"
"선배님!"
조비랑이 버럭 화를 냈다.
"됐다고요! 그냥 절 좀 내버려 두라고요!"
"내가 뭘?"
조비랑이 악을 썼다.
"왜 따라다닙니까? 왜요? 제가 확 죽기라도 할까 봐요? 제가 그렇게 멍청해 보여요? 제가 진짜 그렇게나 인간적일까 봐요? 저 그런 놈 아니라고요! 그깟 귀병 놈 죽음 따윈 신경도 안 쓴다고요! 걱정 마시라고요!"
임영달은 아무 반응도 보이지 않았다.

한참 후 조비랑이 한숨을 내쉬며 말했다.
"…죄송합니다."
"고함이라도 지르고 나니 좀 낫지?"
"아직도 생생해요, 그의 얼굴이. 그가 날 구해주던 그날의 일이."
"안다, 다 안다."
"어흐흐흑!"

조비랑이 결국 울음을 터뜨렸다. 임영달이 그의 어깨를 두드려 주었다. 조비랑처럼 심각하진 않았지만 자신도, 홍사백도 모두 겪었던 일이었다. 휘각에 있으면서 귀병을 잃는 일만큼 힘든 일이 없었다.

바로 그때였다.
"계집애처럼 그만 울어요!"
카랑카랑한 음성의 주인공은 제갈수연이었다.
"대체 언제까지 초상집 분위기 낼 거예요?"
그녀의 아미가 찡그려져 있었다.
"새 적호에게 임무를 내려야죠."
조비랑이 소리쳤다.
"새 적호 따윈 말도 꺼내지 마!"
"닥쳐요!"
제갈수연이 더욱 크게 소리치자 조비랑이 찔끔했다.
"대체 새 적호는 무슨 죄죠? 그는 선배를 구해준 적이 없으

부활 277

니까 아무렇게나 취급받아도 되나요?"

그 말에 조비랑은 아무 말도 하지 못했다.

그때까지 지켜만 보던 홍사백이 나섰다.

"그래, 막내 말이 맞다. 우선은 해야 할 일을 하자."

임영달이 조비랑의 어깨를 다시 한 번 힘차게 두드려 주었다.

"그래! 힘내자!"

홍사백이 제갈수연에게 말했다.

"적호에게 첫 임무를 내려! 적응할 때까진 쉬운 임무로!"

제갈수연이 일부러 더욱 유쾌한 목소리로 대답했다.

"알겠습니다!"

그때 벽의 기관이 움직이며 맹 자에 멈췄다.

성— 구멍으로 내려온 보고서를 제갈수연이 빠르게 읽었다.

"도천의 고수들이 삼공녀의 거처로 몰려갔답니다."

* * *

주화인의 거처에 일촉즉발의 상황이 펼쳐지고 있었다.

심대환을 비롯한 도천의 고수들이 연무장에 진을 쳤다.

반대쪽에 늘어선 고수들 가운데 주화인이 서 있었다.

그녀를 향한 심대환의 눈빛은 철천지원수를 바라보는 그것이었다. 함께 온 무인들 역시 비슷했다.

"그래도 설마설마했지. 오해일 수도, 누명일 수도 있다고."

"오해고 누명입니다."

주화인이 차분히 대답했다.

심대환이 코웃음을 쳤다.

"어제 누굴 불렀는지 아는가?"

"누굽니까?"

"사후림이다. 천령강신술로 그 늙은이를 심문했지. 늙은이가 제 입으로 배후를 실토했다. 누굴 말했는지는 스스로 잘 알겠지?"

"천령강신술이 완벽하지 않다는 것은 지난번 일로 알려지지 않았습니까?"

"웃기는군. 그뿐만이 아니다. 그 노인과 너희들이 접촉했다는 증거가 있다."

주화인이 한숨을 내쉬었다. 백무성의 함정이 얼마나 치밀할지는 굳이 확인하지 않아도 알 수 있었다.

적어도 지금 상황에서 그를 설득할 순 없었다. 부인할수록 그는 더욱 자신을 배후로 여길 것이다.

늪이란 그런 것이니까. 몸부림칠수록 더욱 깊은 늪에 빠지게 되는.

지켜보고 있던 주화인 측 고수 화대수가 참지 못하고 나섰다.

"당장 물러나시오! 감히 어딜 와서 행패시오!"

심대환의 인상이 찡그려졌다.

"감히? 네깟 놈이 날 능멸해?"

"네깟 놈이라고 했소?"

화대수의 일갈이 쩌렁쩌렁 장내를 진동했다. 성격 급하기로 유명한 그였다. 분명 도천주의 신분이 화대수보다 높았다. 하지만 그건 신군맹 내에서의 위치였다. 강호에 출도한 시기를 따지면 화대수가 선배였다. 삼공녀 측의 최고수였으니 무공 역시 도천주가 우습게 볼 수 없었다. 그가 이렇게 큰소리를 칠 수 있는 것도 그 때문이었다.

서로 간에 욕설과 고성이 오갔다. 감정에 치우친 그들은 적어도 지금 이 순간 뒷골목 파락호들처럼 서로를 긁어대고 있었다.

양측의 세력은 팽팽했다. 그 누구도 싸움이 벌어지면 어느 쪽이 이긴다는 확신을 할 수 없을 상황이었다.

주화인이 나직한 어조로 쓸쓸하게 말했다.

"심아, 우린 졌다."

"아가씨."

"그들과 충돌하면 우린 모든 것을 잃게 될 것이다. 나중에 누명임이 밝혀진다 하더라도."

"제가 어떻게 해야 합니까? 하명해 주십시오!"

이단심은 자신이 목숨이라도 바쳐서 지금의 상황을 해결하고 싶었다. 주화인은 그저 미소만 지을 뿐 대답이 없었다.

화대수가 앞으로 나섰다.

"빌어먹을! 내 오늘 그냥 넘어가지 않겠소! 이리 나오시오!"

그러자 도천 쪽에서 명진이 앞으로 나섰다.

"감히 네놈이 뭐기에 천주님을 나오라 마라 하느냐?"

화대수가 인상을 굳혔다.

"네놈? 이 천둥벌거숭이 같은 놈이!"

"그래, 네놈이라 했다. 어디서 감히 발정난 똥강아지처럼 구는 것이냐?"

"스스로 관 뚜껑을 열었다? 좋다! 내 기꺼이 못질을 해주지!"

먼저 공격을 한 것은 화대수였다. 명진이 물러서지 않고 맞섰다.

퍼엉!

두 사람의 장력이 충돌하며 폭음을 일으켰다. 두 사람이 동시에 뒤로 밀렸는데, 화대수가 세 걸음, 명진이 일곱 걸음이었다. 화대수의 내공이 월등히 높은 것이다.

창! 창!

두 사람이 병장기를 뽑아 들었다.

지켜보던 이단심이 발을 동동 굴렀다. 저러다 둘 중 하나가 죽게 된다면 정말이지 돌아올 수 없는 다리를 건너게 되는 것이다.

"아가씨! 어떻게든 말려야지요."

주학인은 아무 대답도 하지 않았다. 그 아들이 죽은 이상, 심대환이 곱게 물러날 리가 없었다.

다시 격돌하려던 바로 그때였다.

"잠깐 기다려 주십시오!"

누군가 그곳으로 뛰어내렸다.

부활 281

등장한 사람은 바로 복면을 쓴 연이었다.

"두 분께선 잠시 오셔서 이걸 잠깐 봐주시지요."

명진이 차갑게 물었다.

"넌 누구냐? 누군데 감히 맹 내에서 얼굴을 가린 채 돌아다니느냐?"

"전 휘각 소속입니다."

"휘각?"

휘각이란 말에 명진이 조금 누그러졌다.

"이곳에 온 이유가 뭔가?"

"도천주님과 삼공녀님께만 보고드릴 일입니다. 긴급한 보고입니다."

그러자 주화인이 앞으로 나섰다.

"좋아요. 제가 나가서 보죠."

그녀가 나서자 심대환이 못마땅한 표정으로 앞으로 나섰다.

"흥! 대체 무슨 수작인지는 모르겠다만 어림없는 짓이다."

그렇게 두 사람이 연에게 다가섰다.

연이 석굴에서 획득한 증거를 그들에게 보여주었다.

그것을 읽어가던 두 사람의 눈이 커다랗게 커졌다.

"이게 사실이냐?"

심대환의 물음에 연이 담담히 대답했다.

"사실입니다."

믿지 못하겠다는 표정으로 심대환이 다시 한 번 보고서를 내려다보았다.
 "여기에 적힌 대로라면… 이번 일의 배후가 따로 있다는 말이 아닌가?"
 "휘각에서 보증한 내용입니다."
 심대환이 낭패한 표정을 지었다. 한마디로 지금까지의 증거가 모두 조작된 것이란 내용이었다.
 반대로 주화인이 안도의 한숨을 내쉬었다.
 "보고서를 전했으니 전 이만 물러가겠습니다."
 물러나려는데 주화인이 연에게 전음을 보냈다.
 [휘각 소속이라고 했나?]
 [네.]
 [혹시 적호와 관련이 있나?]
 [전 이전 적호님의 비선입니다.]
 순간 주화인의 얼굴에 격정이 스쳤다. 이전이란 말이 아련하게 그녀의 마음에 파고들었다.
 [그가 찾아낸 정보인가?]
 [네.]
 [늦지 않게 전해줘서 고맙군.]
 [별말씀을.]
 연이 그곳을 떠나갔다.
 한편 심대환은 난감한 표정으로 도천의 고수들과 이야기를 나누고 있었다.

심대환이 난처한 표정을 지으며 주화인에게 말했다.

"만약 이것이 사실이라면……."

지금까지 주화인에게 큰 결례를 한 것이 되었다.

주화인이 차분히 말했다.

"사실입니다."

"일단 다시 확인하고 이야기함세."

"그러시지요."

심대환이 수하들을 이끌고 그곳을 떠나갔다.

그제야 주화인이 안도의 한숨을 내쉬었다. 주화인 측 고수들도 일제히 긴장을 풀며 웃음을 터뜨렸다.

누구보다 긴장하고 있던 사람이 주화인이었다. 그녀가 먼저 안으로 들어갔다. 이단심이 그 뒤를 따랐다.

"정말 다행입니다."

주화인의 입가에 미소가 지어졌다.

"그가 해냈어."

"그라니요?"

주화인이 발걸음을 멈췄다.

"아까 명령서를 전한 사람이 바로 그의 비선이야."

이단심이 깜짝 놀랐다.

주화인이 하늘을 올려다보았다.

"그는 날 구하고 죽었어."

第七十章
일로매진

절대
강호

신군맹 본단 인근의 언덕 위 바위에 적호가 서 있었다.

지금쯤이면 연이 전한 증거로 주화인은 곤경에서 벗어났을 것이다. 사악련 역시 더 이상 자신과 얽힐 일은 없을 것이다. 이렇게 또 한 번 큰 위기를 넘긴 것이다. 대공자와 삼공녀, 두 사람에게 받은 돈이 자그마치 십만 냥이었다. 적호는 그 돈을 북해로 보내지 않고 따로 몇 군데의 전장에 나누어 보관했다. 서현이의 치료를 위해 더 돈이 필요하진 않았다. 그렇다면 분산해서 보관하는 것이 안전하다는 판단이었다. 실로 엄청난 액수를 벌었지만 이번 일의 진정한 성과는 돈에 있지 않았다.

적호가 지그시 눈을 감았다.

능풍비와의 싸움이 떠올랐다. 그와의 싸움을 객관화해서, 마치 남의 싸움을 구경하듯 재구성하고 있었다. 그의 움직임 하나하나를 다시 떠올렸다. 싸울 때는 몰랐던 것들이 이제는 선명히 떠올랐다.

능풍비와 다시 싸운다면 좀 더 잘 싸울 수 있을 것 같았다. 물론 이길 엄두는 나지 않았지만.

그리고 기쁜 일 하나!

드디어 무영십삼수의 대성을 이루었다.

능풍비와 싸울 때, 단 한 수도 사용하지 않은 무영십삼수였다. 능풍비를 속이려고 단 한 수만 펼치려 했을 뿐이었다.

하지만 싸움이 끝나자 무영십삼수는 자연스럽게 대성을 이루었다. 절정을 넘어선 고수들의 성장이란 이런 것이었다. 모든 무공이 하나로 이어져 있었다. 반대로 무영십삼수를 연마하다 수라팔절의 발전을 이룰 수도 있을 것이다.

천아성도, 능풍비도 거대한 벽 앞에 서 있을 것이다.

정상의 경지에 오른 그들은 더 이상 변하지 않고 있다. 하지만 자신은 다르다. 싸움을 한 번 할 때마다 발전하고 있었다.

이렇게 성큼성큼 나아가다 마지막 도약을 할 때 그들보다 한 발 앞선 곳에 착지하는 것이다. 그것이 적호의 목표였다.

휘이이잉!

불어온 바람이 제법 서늘했다. 이리 뛰고 저리 뛰는 사이에, 여름이 가고 가을이 온 것이다.

그때 뒤에서 귀에 익은 목소리가 들렸다.

"가끔은 그런 생각을 한다네."

천아성의 목소리였다. 적호는 천아성이 말을 마칠 때까지 인사를 미뤘다.

"과연 앞만 보고 걷는 것이 옳은가?"

의외의 말이었다. 그는 한 번도 그런 생각을 하지 않는 사람 같았다. 오직 전진만 할 것 같은 그였다.

"오셨습니까?"

적호가 정중히 인사했다.

그가 찾아올 것을 적호는 알고 있었다. 연을 통해 맹주전에 기별을 넣었다. 모두를 속였지만 천아성은 속여선 안 된다고 생각했다. 그건 적호의 본능적인 처세였다.

천아성이 미소를 지으며 말했다.

"살아 있을 줄 알았지. 자넨 그렇게 쉽게 죽을 사람이 아니거든."

"제 명줄이 제법 질기긴 합니다만 이번에는 정말 죽을 뻔했습니다."

천아성이 적호를 한 번 훑어보았다.

일부러 반력환은 뺀 상태였다. 그를 속이고 싶지 않았고, 속인다고 속을 것 같지도 않았다.

"무공에 진전이 있었군."

"운이 좋았습니다."

천아성이 진심으로 감탄했다.

"대단하네. 자네 정도만 되어도 무공을 발전시키기 쉽지 않지. 한데 자넨 볼 때마다 새로운 경지를 보여주는군."

"맹주님께서 가르침을 내려주신 덕분입니다."

"하하하, 난 누군가를 잘 가르치는 사람이 아니라네. 내 제자들을 보면 알지 않는가?"

처음으로 꺼내는 제자들 이야기였다.

"그 아이들을 가르치면서 난 스스로 느꼈다네. 가르치는 것은 내 적성에 맞지 않다는 것을. 가르친다는 행위는 참으로 많은 인내와 노력을 필요로 하더군."

적호가 묵묵히 이야기를 경청했다.

"자네 사부가 조금 부럽군. 자네 같은 제자를 두었으니."

"대공자와 삼공녀의 재능에 비할 바 아닙니다."

"물론 그 아이들도 훌륭하지. 하지만 걔들은 야망이 너무 커. 욕심이 너무 많지."

적호는 백무성과 주화인이 들으면 억울할 이야기일 수도 있겠다는 생각이 들었다. 그들이 원래부터 그런 것은 아니었을 테니까. 천아성이, 신군맹이 그들을 그렇게 만들었을 테니까.

천아성이 불쑥 말했다.

"오랜만에 만났으니 한 수 겨뤄볼까?"

"잘 부탁드립니다."

적호는 사양하지 않았다. 오히려 바라는 바였다. 그와 비무를 할 때마다 비약적으로 강해졌다. 백 일의 수련보다 그와의 한 시진이 더욱 값진 시기다. 결과적으로 그에게 자신이 살아 있음을 솔직히 말한 보상이기도 했다. 물론 천아성이 그래서 비무를 하자는 것은 아니겠지만.

적호가 바위에서 내려가려 하자 천아성이 말했다.

"이곳에서 하지."

그야말로 아주 좁은 곳에서의 비무를 제안한 것이다.

"네."

적호가 순순히 받아들였다. 장소는 아무 의미가 없었다. 어디서가 중요한 것이 아니라 어떻게가 중요했다.

능풍비와 싸우면서 깨달은 것들을 마음 놓고 확인할 수 있는 유일한 상대를 향해 적호가 검을 뽑아 들었다.

"그럼 시작하겠습니다."

적호가 빠르게 검을 찔러 넣었다. 천아성이 딴생각이라도 하면 어떻게 할까 걱정될 만큼 빠른 속도였다.

물론 천아성은 딴생각 따윈 하지 않았다.

사아아악!

천아성의 얼굴 옆을 참혼이 스쳤다.

예전에는 그랬다. 애초에 자신이 다른 곳에 검을 찔러 넣은 착각이 들었다.

하지만 이젠 달랐다.

천아성이 검을 피했다는 느낌이 드는 것이다.

가각! 얼굴 옆을 스친 참혼이 빠르게 비틀리며 방향을 바꾸었다. 벼락처럼 빠르게 천아성의 목을 노리며 날아들었다.

쉬이이익!

엄청난 속도였다. 절정에 이른 고수라도 막지 못할 속도였다.

천아성의 허리가 크게 휘었다.

사아아악!

천아성의 코앞으로 참혼이 스쳐 지났다.

그 순간, 적호는 천아성과 눈이 딱 마주쳤다.

천아성의 눈빛에서 번쩍 빛이 난다는 착각이 드는 순간!

후아앙!

천아성이 적호에게 쇄도했다.

적호의 신형이 옆으로 비틀렸다. 검으로 그를 막기에는 그의 움직임은 너무나 빨랐다.

쇄도하던 천아성의 몸도 함께 비틀렸다. 원래라면 이 상황에서 검을 휘둘러 막았을 것이다. 그게 이 상황에서 가장 자연스런 흐름이었다.

하지만 적호는 그러지 않았다.

휘이이이익!

적호가 더욱 빠르게 몸을 비틀며 회전시켰다. 자연스런 움직임에 역행하는 움직임이었다. 진기의 움직임이 울컥했다. 예전이라면 그 영향이 몸에까지 미쳤겠지만, 혈도탈태를 한

후에는 달랐다. 그저 내부의 작은 충격으로 끝이었다.
 쏴아아악!
 몸이 완전히 한 바퀴 돌았다.
 그것은 천아성의 허를 찌르는 움직임이기도 했다.
 슁!
 한 바퀴 완전히 회전한 참혼이 허공을 찔렀다.
 휘릭!
 천아성의 얼굴을 스쳤다. 순간 적호는 아깝다는 생각이 들었다. 조금만 더 빨랐다면 천아성을 벨 수 있었을 것 같았다. 적호는 느꼈다. 능풍비와의 대결 이후 자신이 더욱 강해졌다는 것을.
 쉭쉭쉭쉭쉭!
 자신감을 얻은 참혼이 연속해서 허공을 갈랐다.
 좁은 바위에서는 절대 피할 수 없는 공격이었다.
 하지만 천아성은 작정을 한 듯, 반격없이 피하기만 했다.
 적호의 검이 더욱 빨라졌다. 적호는 자신이 낼 수 있는 최고의 속도를 내고 있었다. 단 한 올이라도 힘이 더 실리면 몸이 폭발해 버릴 것 같은 극한의 내력이 운용되고 있었다. 그럼에도 적호의 몸은 경쾌했다.
 쉭쉭쉭쉭쉭쉭!
 검기를 발하지 않았음에도 수십 가닥의 선이 허공을 수놓았다.

후우우욱!

무시무시한 공격을 파고들며 천아성이 두 번째로 쇄도했다.

이번에는 그를 피해내지 못했다. 대신 적호가 그를 반기듯 달려들었다. 백분의 일이라도 천아성의 호흡을 뺏으려는 의도였다.

절정고수조차도 알아보기 힘든 빠른 공수가 오갔다.

파파파파팍!

너무나 가까웠고, 너무나 빠른 적호의 공격을 천아성은 피할 수 없었다.

드디어 천아성이 손을 써서 적호의 공격을 막은 것이다.

적호는 벌써 참혼을 내던진 후였다. 쇄도하는 순간, 본능적으로 검을 버린 것이다. 이런 근접전에서 검은 방해가 될 뿐이었다.

파파파파팡!

내력을 한계까지 끌어올려 권을 발했다.

속도와 힘, 모든 것이 한계까지였다.

순식간에 십여 초식이 지나갔다.

다음 순간!

파앙! 천아성의 손바닥이 적호의 가슴을 강타했다.

부웅! 적호가 뒤로 날아가 바위에서 떨어졌다.

울컥 내부가 진탕했지만 내상은 입지 않았다. 내력이 담긴 공격이 아니었다.

적호가 몸을 일으켰다.

바위에 선 천아성이 말없이 적호를 내려다보고 있었다. 눈빛에 담긴 표정은 감탄을 넘어선 감동이었다.

"적어도 백 수 이상은 버틸 수 있으리라 생각했는데."

적호의 공격을 백 수 이상 방어만 하리라 마음먹었던 모양이다. 하지만 채 오십 수도 되지 않아 반격을 해야만 한 것이다. 반격을 하지 않고는 공격을 피할 수 없었던 것이다.

"운이 좋았습니다."

"운으로 실력을 따진다면, 자네는 강호에서 가장 강운을 타고난 사람일 거네."

천아성이 웃으며 말했다.

"다시 올라오게."

바닥에 떨어진 검을 주워 들고 적호가 훌쩍 바위로 몸을 날렸다.

바위에 내려선 순간 적호가 두 눈을 부릅떴다.

"이제 진짜로 해보세."

천아성이 천천히 검을 뽑고 있었다. 너무나 자연스런 동작이었는데 검이 뽑히는 소리가 들리지 않았다.

그만큼 천아성이 자신을 인정했다는 것이었다.

적호가 모든 정신을 집중했다.

천아성이 천천히 검을 겨눴다. 좁은 바위였기에 검끝이 적호의 얼굴 가까이 다가왔다.

스윽.

검날이 햇살에 한 번 반짝이던 그 순간.

천아성의 모습이 사라졌다.

오직 자신의 얼굴을 겨눈 검만이 허공중에 떠 있었다.

단순한 검신합일(劍身合一)이 아니었다. 검신합일은 검과 하나가 되고자 하는 의지가 반영된 행위의 결과였다.

하지만 지금 자신을 겨누고 있는 검에는 그런 의지가 없었다. 애초에 검과 하나로 태어난 사람 같다는 생각이 들었다.

스스스스.

천아성뿐만 아니라 주위의 모든 풍경이 사라졌다.

어둠 속에 검과 자신만 서 있었다.

착각이 아니었다. 환상도 아니었다. 그렇다고 현실도 아니었다.

'심마(心魔)?'

불쑥 두려운 마음이 들었다.

눈앞의 검이 당장에라도 날아들어 얼굴에 박힐 것 같았다. 절대 피하지 못할 것이란 불안감에 당장에라도 뒷걸음질을 치고 싶었다.

하지만 동시에 적호는 본능적으로 느꼈다.

절대 물러나서는 안 된다고. 뒤로 물러나는 순간, 지금의 이것이 무엇이든 간에 지고 말 것이란 것을 느꼈다.

곧이어 적호가 깨달았다.

'아! 이건 시험이다!'

그가 자신을 죽이려는 의도가 없다면, 이것은 결국 하나의 관문이자 시험이었다.

적호가 검끝을 노려보았다. 검 뒤에 숨은 천아성을 찾아내려 노력했다.

적호가 모든 정신을 집중했다.

그때 검 뒤에서 누군가의 모습이 보였다.

적호가 깜짝 놀랐다.

"사부님?"

검 뒤에 모습을 드러낸 사람은 바로 고원정이었다.

고원정의 표정은 더없이 차가웠다.

"넌 나보다 그를 더 믿고 따르는구나."

냉랭한 사부의 말에 적호가 흠칫 놀랐다.

"그가 사부였으면 싶으냐? 아쉽겠군. 그럼 넌 더 강해졌을 수도 있었을 텐데."

"아닙니다! 절대 아닙니다!"

적호가 단호히 소리쳤다.

"그는 단지, 단지……."

"단지 무엇이냐?"

"단지……."

천아성을 정의 내릴 수 없었다. 그에 대한 호감을 부정할 수 없었다. 절대강자에 대한 자신도 모를 동경이 분명 있었나.

"하지만… 하지만… 전 사부님을……."

여전히 고원정의 표정은 냉랭했다.

"내가 뭐?"

말문이 막혔다. 뭐라 말씀을 드려야 하는데 말문이 막혔다. 억울했다. 아무리 천아성을 동경했다 하더라도, 사부를 대하는 마음은 그와 비교할 수 없을 정도로 깊고 귀했다.

<u>스스스스</u>.

고원정의 얼굴이 흐릿해지기 시작했다. 다시 어둠 속으로 사라지고 있었다.

"마음이 아프구나. 실망이구나."

사부가 사라지자 마음이 급해졌고 머릿속은 더욱 하얘졌다.

바로 그때였다.

마음속 깊은 곳에서 또 다른 사부님의 말씀이 떠올랐다.

"어려운 일이 있으면 심호흡을 하여라. 그것이 너에게 가야 할 길을 알려줄 것이다."

적호가 크게 심호흡을 했다.

"후우! 후우!"

하나, 둘, 셋. 천천히 호흡을 시작했다. 적호는 서두르지 않았다. 사부님의 모습이 거의 다 사라져 가고 있었지만 스스로의 마음을 다스리는 데 집중했다.

그런 다음 나직이 사부님을 불렀다.

"사부님!"

적호에게 앞서의 당황스러움은 사라진 후였다.

사라져 가던 사부님의 모습이 다시 나타났다.

여전히 굳은 표정의 사부를 보며 적호가 담담히 말했다.

"그를 좋아할 수도, 그를 존경할 수도 있습니다. 하지만 그가 서현이나 사부님을 해치려 한다면 반드시 그를 죽일 겁니다. 하지만 만약 사부님이라면 전 그럴 수 없습니다. 사부님이 서현이를, 또 저를 죽이시려 한다면 그것을 운명으로 받아들일 겁니다. 기꺼이 저희는 죽을 겁니다. 그게 사부님에 대한 제 마음입니다. 사부님에 대한 저의 존경심입니다."

굳어 있던 사부의 표정이 서서히 풀렸다. 어느새 얼굴에는 평소의 그 인자한 웃음이 가득했다.

"내가 너를, 서현이를 그래야 한다면, 백 번이고 천 번이고 스스로 목숨을 끊었을 것이다."

그 말을 듣는 순간 적호의 눈에서 눈물이 주르륵 흘렀다.

"사부님!"

적호가 눈을 질끈 감았다가 다시 떴다.

사부님의 모습은 사라지고 없었다.

오직 눈에 보이는 것은 앞서의 그 검뿐이었다.

적호는 깨달았다. 천아성을 대하면서 마음속에 사부님에 대한 죄송함이 무겁게 존재했다는 것을. 그것이 자신도 모르게 마음의 짐이 되었다는 것을. 심마는 대단한 것에서 찾아오지 않는다는 것을.

적호의 마음이 편안해졌다.

검이 날아오면!

피할 수 있을 것이다.

그 검을 피하기 위해… 사부님께 평생을 배웠으니까.

다음 순간 적호가 눈을 크게 떴다.

모든 정신을 집중했다.

스스스스스스!

검 뒤에 하나의 형체가 나타나기 시작했다.

그는 바로 천아성이었다.

천아성의 모습이 완전히 드러나자, 이윽고 주위의 어둠이 걷히기 시작했다.

스스스스스스.

적호가 다시 현실로 돌아왔다.

두 사람은 여전히 바위 위에 서 있었다.

적호는 알 수 있었다. 아주 오랜 시간이 흐른 것 같지만 정말 찰나의 순간만이 지났다는 것을. 하나란 숫자를 세는 시간의 천분의 일도 채 지나지 않았다는 것을.

그 순간! 검이 얼굴을 향해 날아들었다.

쇄애애애앵!

피릿!

적호의 얼굴에서 핏물이 튀었다.

"후우우우."

적호가 긴 한숨을 내쉬었다. 얼굴 옆을 스친 검날에 자신의 얼굴이 보였다. 볼에서 피가 흘러내리고 있었다.

그리고… 적호가 천아성이 찔러온 검을 피해낸 것이다.

"검 뒤에 선 나를 보았나?"

"네."

"그랬겠지. 검만 보았다면 절대 피하지 못했을 테니까."

천아성이 소리없이 검을 검집에 넣었다.

단 한 수의 주고받음이었지만 적호에게는 엄청난 배움이었다.

적호가 그 자리에 무릎을 꿇었다.

"가르침을 내려주셔서 감사합니다."

적호는 이제 그를 대하는 것이 편해졌다.

천아성이 의외란 눈빛으로 내려다보았다.

"자넨 정말 무섭게 성장해 가는군."

"맹주님 덕분입니다."

천아성은 적호의 어깨를 한 번 두드려 주었다.

"다음에 또 보세."

천아성이 훌쩍 몸을 날렸다. 단 한 번의 도약으로 순식간에 시야에서 사라졌다.

"하아아아."

긴장이 풀린 적호가 긴 한숨을 내쉬었다.

오늘의 이것을 비무라 부를 수 있을지 모를 일이지만, 능풍비와의 실전만큼이나 혼신을 다했다. 적호는 안다. 세상은 최선을 다하는 자에게만 그 결실을 안겨준다는 것을.

스으윽.

그곳으로 연이 모습을 드러냈다. 어쩐 일인지 그녀는 복면을 쓰고 있었다.

"처음 뵙겠습니다."

연의 말에 적호가 피식 웃었다. 그녀가 장난을 치려는 것이다. 그러고 보니 그녀는 처음 자신을 만났을 때의 모습을 하고 있었다.

"반갑소."

"전 적호님의 비선인 연이에요."

"적호요."

"앞으로 잘 부탁드려요."

"나야말로."

두 사람이 활짝 웃었다. 처음 만났을 때의 인사 그대로였다. 이렇게 서먹했던 두 사람이 지금의 관계가 된 것이다.

"이렇게 다시 오시려는 줄은 정말 꿈에도 생각하지 못했어요."

"아직은 떠날 수 없으니까."

"적호님."

"연이 있었기에 지금까지 버틸 수 있었어. 앞으로도 잘 부탁해."

연이 복면을 내리며 장난스럽게 싱긋 웃었다.

"알고 계셨다니 다행이에요."

"하하하."

연이 품에서 명령서를 꺼냈다.

"새 명령이, 아니, 첫 명령이 내려왔어요."

"뭐지?"

"제거 명령이에요. 가까운 곳이에요."

"어떤 자지?"

그러자 연이 씩 웃었다.

"생각나세요?"

"뭐가?"

"제가 언젠가 말씀드렸죠? 누굴 해치웠는지 궁금하지 않으시냐고? 그때 적호님이 제게 말씀하셨죠. 하나도 궁금하지 않다고. 그런데 이제는 먼저 물어보시네요."

적호가 피식 웃었다. 분명 그녀에게 그렇게 말했던 적이 있었다.

"전혀 궁금하지 않아."

"이미 늦었답니다."

적호가 앞장서 걸으며 덧붙였다.

"가서 후딱 해치우자고!"

　　　　　*　　*　　*

　철컹, 소리를 내며 벽의 기관이 움직였다. 움직임이 멈춘 곳은 호랑이 그림이었다.
　성―! 드디어 구멍에서 기다리고 있던 보고서가 도착했다.
　제갈수연이 가서 보고서를 읽었다.
　"적호, 목표 대상을 모두 제거했답니다."
　"와!"
　모두들 평소보다 기쁜 함성을 질렀다.
　홍사백이 탁자 아래에서 뭔가를 챙겼다. 그가 꺼내 든 것은 술병이었다.
　"그래, 적호의 첫 임무가 성공했다. 우리끼리라도 자축하자."
　평소 없던 일이었다. 그만큼 휘각원들에게 있어 적호는 남달랐다.
　임영달이 놀라 물었다.
　"설마 그거 술입니까?"
　"당연하지."
　"마시자고요?"
　"어때, 한 잔인데."
　임영달은 물론이고 칙칙한 분위기를 몰아내자던 제갈수연

조차 살짝 긴장했다.

조비랑이 긴장한 표정으로 물었다.

"작전실에서 술 마시면 어떻게 되죠?"

"손발이 잘려서 뇌옥에 갇히지."

"그렇군요."

"농담이고. 징계받지. 운 나쁘면 삼 개월 감봉."

"헉! 감봉이라니요!"

"손발 잘리는 것보다 감봉이 더 무서운 게냐?"

임영달이 어이없다는 표정을 지었고 조비랑이 씩 웃었다. 이제 어느 정도 충격에서 벗어난 그였다. 거기엔 제갈수연의 역할이 컸다.

제갈수연이 성큼성큼 걸어갔다. 홍사백의 손에서 술병을 빼앗듯 받아 든 그녀가 벌컥벌컥 마셨다.

"감봉 정도라면 한잔해요!"

"역시 돈에 있어선 화통하군."

"자, 선배님도 시원하게 한잔하세요!"

"좋아!"

홍사백이 한 잔 마셨다.

"적호를 위해! 휘각을 위해!"

그러자 임영달이 와서 술병을 받았다.

"저도 줘요."

임영달이 술을 마셨다.

일로매진 305

남은 사람은 조비랑이었다. 망설이는 조비랑을 보며 제갈수연이 물었다.

"안 마셔요?"

"난 별로. 원래 술도 안 좋아하고."

"후후! 감봉이 무서우신 거군요."

"아냐! 절대 아냐! 나 그런 사람 아니라고!"

너무 강하게 부정하는 바람에 오히려 속내를 들킨 그였다. 얼굴이 살짝 붉어진 그가 용감하게 다가왔다.

"흥! 좋아! 내가 어떤 사람인지 보여주지!"

그가 술병을 받아 높이 쳐들고 소리쳤다.

"도산검림 비정강호에서 칠 년이란 세월을 살다간 우리의 지난 적호를 위해! 첫 임무를 완수한 새로운 적호를 위해!"

조비랑이 술을 벌컥벌컥 마셨다. 내친김에 그가 덧붙였다.

"이 일을 계기로 본 각의 비정한 선배들이 오래전 그때의 순수한 인간미를 되찾기를! 휘각 개혁을 위해서!"

그때 옆에서 누군가 나직이 물었다.

"누가 제일 문제지?"

"위로 올라갈수록 문제죠!"

딱!

꿀밤에 울상을 지으며 돌아보니 어느새 들어온 엄백양이 서 있었다.

"근무 시간에 술타령하는 아래는 문제가 아니고?"

"헉!"

조비랑이 술병을 내려놓았다.

이미 다른 사람들은 자신들의 자리에 앉아 일하는 척하고 있었다.

홍사백을 필두로 세 사람이 한마디씩 던졌다.

"헉! 술이라니! 저놈, 미쳤군."

"기강이 완전 해이해졌습니다! 삼 개월이 아니라 삼 년쯤 감봉해야 한다고 생각합니다."

"봐주시죠, 선배가 이번 일로 충격이 심한 것 같아요."

조비랑이 입을 벌린 채 어이없다는 표정을 지었다.

엄백양이 조비랑의 머리를 한 번 쓰다듬어 주었다.

"적호 일은 그만 잊어라. 다들 그렇게 사는 거다."

"왜 제게만? 전 괜찮습니다."

"본 각에서 너만 인간적이잖아."

딱!

다시 사정없이 뒤통수를 때려준 후 엄백양이 그대로 집무실로 들어갔다.

울상을 짓고 선 그를 보니 모두들 킬킬 웃었다.

한편 집무실에는 구양서가 서류를 내려다보고 있었다.

엄백양이 결재를 위해 가져온 몇 가지 서류를 탁자에 내려놓았다.

"소식 들으셨습니까?"

"무슨 소식?"

"맹주님께서 따로 삼공녀를 부르셨답니다."

"그래?"

구양서가 깜짝 놀랐다.

"이유는?"

"알려지지 않았습니다. 아시잖습니까? 맹주전에서 일 처리를 어떻게 하는지."

구양서가 고개를 끄덕였다. 철저히 비밀로 운영되는 곳이 맹주전이었다. 휘각이라 해도 그 정보를 속속들이 알 수 없는 유일한 곳이기도 했다.

"제자를 맹주전으로 부른 것이 얼마 만이지?"

"꽤 오래되셨지요."

분명 뭔가 이유가 있을 것이란 생각이 들었다.

"그쪽 움직임을 잘 살피도록."

"알겠습니다."

구양서가 자리에서 일어나 창가로 걸어갔다. 엄백양이 나란히 그 옆에 섰다.

"어떤가?"

"뭐가 말씀입니까?"

구양서가 힐끗 엄백양을 쳐다보았다. 적호의 죽음이 혹시 좋지 못한 영향을 미쳤을까 하는 물음이었다.

엄백양이 피식 웃었다.

"제가 여러모로 어수룩하지만… 낼 모레면 저도 쉰입니다."
"벌써 그렇게 되었군. 파릇파릇하던 때가 엊그제였는데."
"그러게 말입니다. 그땐 각주님도 팔팔하셨지요."
"지금은 아닌가?"
"그럼 맞습니까?"
두 사람이 마주 보며 껄껄 웃었다.
다시 창밖을 바라보며 구양서가 나직이 말했다.
"쌀쌀하군."
"이제 가을이니까요. 중추절이 얼마 남지 않았습니다."
"곧 후계자가 정해지겠군."
"그렇겠지요."
"자넨 누가 후계자가……."
엄백양이 모른 척 구양서의 말문을 막았다.
"이번 여름에 우린 적호를 잃었습니다."

적어도 지금 이 순간, 구양서와 후계자에 대한 이야기를 나누고 싶진 않았다. 상관의 머릿속에 그 생각만 가득하다 하더라도, 적어도 지금은 그러했다.

엄백양의 마음을 짐작한 구양서가 희미하게 웃었다.
"그래, 우린 결국 그를 잃고 말았지."

엄백양이 한숨을 내쉬었다. 잃은 것이 과연 적호뿐일까란 생각이 문득 들었다. 엄백양은 애써 감상적인 마음을 지우려 했다. 지난 일은 지난 일일 뿐이니까.

"또 다른 적호가 그 자리를 대신할 거네."
구양서의 말에 엄백양이 깊어진 눈빛으로 대답했다.
"여름이 가고 이렇게 가을이 왔듯이 말이지요."

                    *   *   *

 맹주전으로 주화인이 들어섰다.
 천아성이 홀로 뒷짐을 진 채 서 있었다. 절대자의 뒷모습은 그 자체로도 하나의 그림이었다.
 한참을 주화인은 말없이 서 있었다.
 이윽고 천아성이 입을 열었다.
 "왔느냐?"
 "네, 사부님."
 다시 천아성은 아무 말도 하지 않았다. 평소 제자들에게 말이 없던 그였기에 분위기는 전혀 어색하지 않았다. 오히려 침묵이 자연스러웠다.
 주화인이 천천히 다가가 한 발 떨어진 뒤에 섰다.
 천아성은 맹주전 한옆에 세워진 커다란 나무를 올려다보고 있었다.
 "무엇을 그리 보십니까?"
 "저가 저것이 보이느냐?"
 주화인이 천아성이 바라보는 곳을 함께 쳐다보았다.

"저기 새 말씀이십니까?"

"그래. 새끼를 위해 쉬지 않고 먹이를 물어다 나르는구나."

워낙 높은 곳이어서 사실 주화인은 자세히 보이지 않았다. 사부의 눈에는 바로 앞에서 벌어지는 일처럼 보이겠지만.

"저 조그만 것이 참으로 신통방통하구나."

다시 푸드득 새가 날아오르는 것이 보였다.

"이번에는 또 얼마나 멀리 갔다 오려나?"

잠자코 듣고 있던 주화인이 말했다.

"자연의 섭리를 거스르는 것은 오직 인간뿐이겠지요."

다른 제자들은 감히 하지 못할 말이었다. 하지만 어려서부터 주화인은 그나마 가장 자유롭게 천아성을 대했다.

"네 사형에게 말했다. 널 죽이지 말라고."

주화인이 미소를 지었다. 다른 사람이 한 말이었다면 불같이 화를 냈겠지만, 사부께 그 말을 들으니 오히려 웃음이 나왔다.

"역시 사부님밖에 없습니다."

천아성의 입가에 희미한 미소가 지어졌다.

"살다 보면 때를 놓쳤다는 생각이 들 때가 있다. 내겐 네가 그렇다."

"왜 저입니까?"

"진즉에 너를 이 싸움에서 빼줄 것을 그랬다."

사부의 정이 느껴져 주화인이 기분 좋게 웃었다. 하지만 그건 진심으로 그녀가 바라는 바가 아니었다.

"그랬다면 전… 사는 게 재미없었을 거예요, 아주."

"인생이 어디 재미로만 사는 것이더냐."

그러면서 대수롭지 않게 덧붙였다.

"후계자로 네 사형을 정할 것이다."

순간 주화인이 깜짝 놀랐다. 그 한마디 말을 끝으로 천아성은 더 이상 입을 열지 않았다.

주화인의 몸이 파르르 떨려왔다. 사부는 한 번 결정한 마음을 쉽게 뒤바꾸지 않는다는 것을 그녀는 잘 알았다.

흥분도 잠시, 그녀는 사부가 왜 자신을 불러 이러한 사실을 알려주는지를 곰곰이 생각했다. 사부는 자신이 순순히 물러나지 않을 것을 알고 있을 것이다. 그럼에도 이런 말을 해준다는 것은… 그렇게 그녀는 한 가지 결론에 도달했다.

"제가 해야 할 일이 무엇입니까?"

『절대강호』 8권에 계속…

촌부 新무협 판타지 소설
FANTASTIC ORIENTAL HEROES

『우화등선』, 『화공도담』의 뒤를 잇는
작가 촌부의 또 하나의 도가 무협!

무림맹주(武林盟主), 아미파(峨嵋派) 장문인(掌門人),
군문제일검(軍門第一劍), 남궁세가(南宮勢家)의 안주인.

그들을 키워낸 어머니
진무신모(眞武神母) 유월향(柳月香)!

어느 날, 그녀가 실종되는데……

"하, 할머니는 누구세요?"

무한삼진의 고아, 소량(少兩)에게 찾아온 기이한 인연.

세상과 함께 호흡을 나눌 수 있다면[天地同息]
천하의 이치를 모두 얻으리라[天下之理得]!

이제, 천하제일인과 그녀가 길러낸
마지막 자손의 이야기가 펼쳐진다!

Book Publishing CHUNGEORAM
WWW.chungeoram.com

SWORD SLAYER

소드 슬레이어

류연 판타지 장편 소설

FANTASY FRONTIER SPIRIT

그날로 돌아간 그 순간부터 입버릇처럼 붙은 한마디.
"생각해라, 아서 란펠지."

귀족 반란에 휘말린 채 죽어야 했던 기사, 아서 란펠지.
600년 전 마룡 카브라로 인해 봉인당한 세 용사의 영혼.
버려진 이름없는 신전에서 그들이 만났을 때
운명은 또 다른 전설의 서막을 알렸다!

소드 슬레이어!

힘없이 죽어간 모든 인연들을 위하여
무력하고 허망했던 어제를 딛고
멈추지 않는 오늘을 달려 내일을 잡아라!

**위선에 가득찬 검들을 향해
여섯 번째 마나 소드, 에스카룬의 검이 질주한다!**

Book Publishing CHUNGEORAM

WWW.chungeoram.com

홀로선별 판타지 장편.소설

DEMON
FANTASY FRONTIER SPIRIT

제일좌

BLOOD

성마대전, 그로부터 20년…
암흑은 스러지고 빛이 찾아왔다.
세상은… 그렇게 평화로워질 것만 같았다.

전설의 블랙 울프를 다루는 영악한 소년 마로.
하루하루 강도 높은 훈련을 받으며
숙연의 500골드를 달성한 그날!
세상은, 신성(新星)을 맞이한다!

『기적』의 뒤를 잇는
홀로선별 작가의 또다른 이야기
『제일좌』

어둠을 뚫고 솟을 빛이여,
하늘의 제일좌가 되어라!

Book Publishing CHUNGEORAM

유행이 아닌 자유추구 -
WWW.chungeoram.com

2011년 대미를 장식할
준.비.된. 작가 정민교의 신무협이 온다!
『낭인무사(浪人武士)』

"죄수 번호 사천이백삼, 담운!"
"……!"
"출옥이다."

만두 하나.
고작 그 하나에 이십 년 옥살이를 한 소년, 담운.
그 답답하고 억울한 마음을 풀어낸다!

무림맹! 구대문파! 명문세가!
겉만 번지르르한 놈들은 다 사라져라!
겉과 속이 다른 너희들을 심판하러 내가 왔다!

Book Publishing CHUNGEORAM 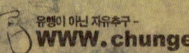 유행이 아닌 자유추구 –
WWW.chungeoram.com